国家古籍整理出版专项经费资助项目

孟浩然集

章培恒 安平秋 马樟根 主编

邓安生 孙佩君 导读

马樟根 审阅

中华文史名著精选精译精注·全民阅读版

凤凰出版社

图书在版编目（CIP）数据

孟浩然集 / 邓安生，孙佩君导读. -- 南京 : 凤凰出版社，2020.8
（中华文史名著精选精译精注 : 全民阅读版 / 章培恒，安平秋，马樟根主编）
ISBN 978-7-5506-3153-3

Ⅰ. ①孟… Ⅱ. ①邓… ②孙… Ⅲ. ①唐诗－诗集 Ⅳ. ①I222.742

中国版本图书馆CIP数据核字(2020)第063006号

书　　名	孟浩然集
导　　读	邓安生　孙佩君
责任编辑	李　霏
书籍设计	徐　慧
出版发行	凤凰出版社(原江苏古籍出版社) 发行部电话025-83223462
出版社地址	南京市中央路165号,邮编:210009
出版社网址	http://www.fhcbs.com
照　　排	凤凰零距离数字印前中心
印　　刷	苏州市越洋印刷有限公司 苏州市吴中区南官渡路20号　邮编:215104
开　　本	880毫米×1230毫米　1/32
印　　张	7.375
字　　数	152千字
版　　次	2020年8月第1版　2020年8月第1次印刷
标准书号	ISBN 978-7-5506-3153-3
定　　价	39.00元

(本书凡印装错误可向承印厂调换,电话:0512-68180638)

目录

导读

李白《赠孟浩然》诗云："吾爱孟夫子，风流天下闻。红颜弃轩冕，白首卧松云。"在群星灿烂的盛唐诗坛上，孟浩然作为开元间的杰出诗人，不但以创作大量山水田园诗丰富了诗歌的题材，而且以清淡旷远的风格闪烁着夺目的光彩，为唐诗的繁荣作出了贡献。在建设新时代中国特色社会主义物质文明和精神文明的今天，批判继承这份古代文学遗产，对于增强我们民族的自尊心和自信心，繁荣发展社会主义新文学，有着不容忽视的作用。

一

孟浩然，字浩然，唐代襄州襄阳（今湖北襄阳）人，人称孟襄阳。大约生于武则天永昌元年（689），卒于唐玄宗开元二十八年（740）。他出生于小庄园主家庭，父祖可能都没有做过官，但他自幼饱受正统的儒家教育。他在三十岁时作了一首《田园作》诗，其中说："弊庐隔尘喧，惟先养恬素。卜邻近三径，植果盈千树。"又有《书怀贻京邑同好》诗云："惟先自邹鲁，家世重儒风。诗礼袭遗训，趋庭绍末躬。昼夜常自强，词赋颇亦工。”说明他生活虽然淡泊素朴，但出身书香之家，家景也还殷实。在这样的家庭里，他具备了较好的经学和文学修养。

襄阳地处汉江水湾，西有万山，南有望楚山、岘山等，境内名胜甚多。孟浩然的家园在襄阳南郭外的岘山附近，名汉南园，又名涧南园。由此乘船过汉水，东南可至鹿门山，那里有他隐居的别业。肥田沃土，养育了诗人；名山胜水，陶冶着诗人的审美情趣。

他一生的生活经历比较简单，而且大半生是在襄阳隐居度过的。《旧唐书·文苑传》说他：“隐鹿门山，以诗自适。年四十，来游京师，应进士不第，还襄阳。张九龄镇荆州，署为从事，与之唱和。不达而卒。”根据《孟浩然集》，我们还知道，大约开元十三年前后，他还去过东都洛阳，或许应试，或许上书献赋，总之是为了求仕。周旋了约两年时间，结果失败了。于是满怀失意漫游吴越，时间长达三年，踏遍了江东沿海一带的山山水水。此外，他还游历过江淮、湘桂、巴蜀，时间也集中在中年，大抵为观赏山水的幽趣，同时寄托仕途失意的愁怀。

儒家处世的原则是“达则兼济天下，穷则独善其身”。孟浩然少怀大志：“冲天羡鸿鹄，争食羞鸡鹜。”从少年到壮年，“苦学三十载”，曾栖栖惶惶地奔走于两京之间，也曾闭门隐居，标榜清高，希企走“终南捷径”，都是为了求得一官半职。但是，“当路谁相假，知音世所稀”（《留别王维》），“世途皆自媚，流俗寡相知”（《晚春卧病寄张八子容》），他得不到执政者的有力援引，还受到权奸的压制，最后不能不落第而归，隐居林泉了。李白歌颂他“红颜弃轩冕”，“迷花不事君”，实际的情况是，满怀用世之心的孟浩然为“明君”所弃，无法得到轩冕，不得不“弃置乡园老”，从而“白首卧松云”的。

开元二十八年，王昌龄游襄阳。当时孟浩然疾疹发背将愈，因为高兴，浪情宴谑，吃了新鲜鱼虾等发物，疾病复发，死于冶城南园，时年五十二岁。他简单的一生就这样结束了，但他得到了后辈诗人深深的爱戴。他去世后不久，王士源就为他广求遗文，编集作序。王维过襄阳，画孟浩然像于刺史亭，并名其亭为浩然亭。伟大诗人杜甫也由衷地称道说：“复忆襄阳孟浩然，清诗句句尽堪传。”（《解闷十二首》之六）

二

在文学史上，孟浩然是初唐到盛唐过渡时期的一位诗人，他比李白、王维大十二岁，比杜甫大二十三岁。他的诗上承汉魏以来的优秀传统，对开启盛唐浑融完整的诗风有着积极的影响。

如前所述，孟浩然从年轻时起就怀抱“鸿鹄志”和热切的用世心，虽然多次求仕失利难免趋于消极，但绝不卑躬曲膝地阿附权贵。他遭到权贵的一再压制，求仕不成，于是拂衣而去，漂泊江湖，寄情山水；同时又不断写诗抒发不平之气。他在《秦中苦雨思归赠袁左丞贺侍郎》中忿忿地写道：“苦学三十载，闭门江汉阴。明扬逢圣代，羁旅属秋霖。岂直昏垫苦，亦为权势沉。二毛催白发，百镒罄黄金。泪忆岘山堕，愁怀湘水深。谢公积愤懑，庄舄空谣吟。跃马非吾事，狎鸥真我心。寄言当路者，去矣北山岑！”《自洛之越》说：“扁舟泛湖海，长揖谢公卿。且乐杯中酒，谁论世上名！”他甚至对至高无上的皇帝也发起牢骚来：“北阙休上书，南山归敝庐。不才明主弃，多病故人疏。”（《岁暮归南山》）他把满腹的怨气不加掩饰地倾泻出来，那可是需要些胆量和勇气的。《新唐书·文艺传》记载孟浩然在秘书省王维值宿处，对唐明皇面赋此诗，弄得明皇非常生气，说：“是卿弃朕，非朕弃卿！”于是放归南山，终身不仕。这故事带有传奇性，未必可信。但孟浩然的这些诗确实写得慷慨多气，毫无媚态，客观上都是对权势者压制人才的黑暗官场的揭露和抨击。

孟浩然还有一些行旅诗，通过景物的描写抒发羁旅的乡愁和仕途的失意，写景中有兴寄，不徒吟花草嘲风雪而已。《途次望乡》：“客行愁落日，乡思重相催。况在他乡外，天寒夕鸟来。雪深迷郢路，云暗失阳台。可叹凄遑子，劳歌谁为媒！”这首诗以落日起兴，抒发日暮乡愁，并由此联想仕途失意，飘零异乡。“雪深”“云暗”既是即目所见，又暗喻仕途茫茫，寄慨是深沉的。又如《早寒江上有怀》：“木落雁南度，北风江上寒。我家襄水曲，遥隔楚云端。乡泪客中尽，孤帆天际看。迷津欲有问，平海夕漫漫。”以木落、北风、孤帆、迷津写身世之感，也凄恻动人。

明人胡震亨《唐音癸签》引《吟谱》说：“孟浩然诗祖建安，宗渊明，冲淡中有壮逸之气。”说孟浩然宗渊明，自然没有问题。说他祖建安，有的论者认为不明显。其实，所谓建安诗风，按照严羽的说法，其特点“全在气象”（《沧浪诗话·诗评》）。若从这一角度来看，说孟诗祖建安，还是说得过去的。孟浩然“风神散朗，救难解纷”，为人本来就有豪侠的一面。发而为诗，字里行间往往洋溢着豪情侠气。《送朱大入秦》:“游人五陵去,宝剑直千金。分手脱相赠,平生一片心。”《送吴宣》:“平生一匕首,感激赠夫君。”《送告八从军》:“男儿一片气,何必五车书。”《赠马四》:“四海重然诺,吾尝闻白眉。秦城游侠客,相得半酣时。”对有志之士寄予厚望,给以热情的鼓励,以至解剑相赠。这种重然诺、推义气的壮逸气概,颇似壮年时代的陶潜,而和汉代的游侠精神相通。孟浩然的这一风格给予李白以明显的影响。而他的《书怀贻京邑同好》《田园作》等咏怀诗,述家世,咏怀抱,慷慨悲凉,风格沉雄。这类诗虽然不多,体制也不够宏大,但其意义不可低估。从文学发展史看,它们实际上为杜甫《北征》《自京赴奉先县咏怀五百字》等长篇咏怀诗的创作开辟了道路。

孟浩然的山水诗,也有写得壮逸浑健的。唐人殷璠评论说:“浩然诗文彩葑茸,经纬绵密,半遵雅调,全削凡体。至如‘众山遥对酒,孤屿共题诗’,无论兴象,兼复故实。又‘气蒸云梦泽,波动(撼)岳阳城’,亦为高唱。”(《河岳英灵集》)清代的潘德舆《养一斋诗话》也说:“襄阳诗如‘东旭早光芒,浦禽已惊聒。卧闻渔浦潭,桡声暗相拨。日出气象分,始知江湖阔’,‘太虚生月晕,舟子知天风。挂席候明发,渺漫平湖中。中流见匡阜,势压九江雄。香炉初上日,瀑布喷成虹’,精力浑健,俯视一切,正不可徒以清言目之。”说孟诗“精力浑健”,与《吟谱》所谓“冲淡中有壮逸之气”,看法是一致的。代表这一风格的,除上举篇什外,再如《与颜钱塘登樟楼望潮作》《下赣石》《登望楚山最高顶》《九日龙沙寄刘大》等,无不见出诗人壮阔的胸怀和飞动的逸兴。

风格清淡的田园山水诗占孟浩然诗作的主要篇幅。这反映了他的审美情趣，也是孟诗的主要成就所在。王士源《孟浩然集序》说："（孟浩然）学不为儒，务掇青藻，文不按古，匠心独妙，五言诗天下称其尽美矣。间游秘省，秋月新霁，诸英华赋诗作会，浩然句'微云淡河汉，疏雨滴梧桐'，举坐嗟其清绝，咸阁笔不复为继。""微云""疏雨"正可视为孟诗清淡的典型例句。由这一记载也可看出，即在当时，孟诗也是以"清绝"倾倒群英的。孟诗今存二百多首，其中明用"清"字的就有四十二首五十字（尚不包括诗题中用字）。在他的笔下，水是清水，江是清江，风是清风，弦是清弦，光是清光，音是清音，有时甚至连一向使人凄哀忧愁的猿啸听起来也清心悦耳，能够净化心灵："坐听闲猿啸，弥清尘外心。"（《武陵泛舟》）总之，不论客观的还是主观的，一切都"清"，一切无不可"清"。他欣赏的是清景，抒发的是清兴，探求的是清净之理。著名的五言绝句《春晓》："春眠不觉晓，处处闻啼鸟。夜来风雨声，花落知多少。"《宿建德江》："移舟泊烟渚，日暮客愁新。野旷天低树，江清月近人。"写隐居的闲适和行旅的愁怀，风格清旷自然，淡而有味。读这类诗，有如喝低度的醇酿，余香满口，越品越有滋味。

孟浩然的田园诗表现隐居生活的闲适，山水诗则寄托愁情逸兴。这类诗作，继承汉魏古诗特别是陶诗的抒情写意性，在写作上突出表现了以下几方面的艺术特色。

第一，一般不着意于个别景物的精雕细刻，而注重全篇总的情绪和意象的把握，气象混沌，往往不可寻枝摘叶。传颂千古的《过故人庄》："故人具鸡黍，邀我至田家。绿树村边合，青山郭外斜。开轩面场圃，把酒话桑麻。待到重阳日，还来就菊花。"写田家邀饮和宾主之间的淳真友谊，意境浑然天成，风格和韵味都极似陶诗。如果说这首诗中的“绿树村边合，青山郭外斜”还可以句摘，那么与之相近的另一首田园诗《裴司士员司户见寻》：“府僚能枉驾，家醖复新开。落日池上酌，清风松下来。厨人具鸡黍，稚子摘杨梅。谁道山公醉，犹能骑马回。”以清新的语言，写主人盛情款待，客人开怀畅饮的高情远韵，意境浑然一体，而又不失“风神散朗”的抒情主人公自己的面目，堪称善学陶诗。《万山潭》：“垂钓坐磐石，水清心益闲。鱼行潭树下，猿挂岛藤间。游女昔解佩，传闻于此山。求之不可得，沿月棹歌还。”这首诗写游万山潭的逸兴和宁静的心境，即景即情，主客体融合为一，也是一首飘逸自然，意境浑成之作。刘勰说：“夫神思方运……登山则情满于山，观海则意溢于海。”（《文心雕龙·神思》）读孟浩然的山水诗，我们正有这样的感觉。孟诗的这一特色对浑融完整的盛唐诗风的形成有着先导作用。

第二，以白描和水墨写意画法写诗，表现自己登山临水的清新感受，或抒发自己的情怀。汉代的《乐府古辞》和古诗，大抵是文人代人立言。魏晋以后，拟古之风大盛，并进而出现代人作诗的情况，余音传响隋朝初唐。这些代人立言的作品，其中有的确有较高的审美价值，如《乐府古辞》《古诗十九首》中的某些作品；有的则由于体制、题材等等的限制，表现的感情终究不够真切；此外就是一些近于无聊的文字游戏了。《孟浩然集》中也有三五篇春怨、闺情诗，残存拟古甚至宫体诗的痕迹，但是这只占他全部作品的百分之二，其余作品都是直接抒发个人怀抱和感受大自然的喜怒哀乐之情。《秋登万山寄张五》：“北山白云里，隐者自怡悦。相望试登高，心随雁飞灭。愁因薄暮起，兴是清秋发。时见归村人，平沙渡头歇。天边树若荠，江畔舟如月。何当载酒来，共醉重阳节。”以水墨写意画法，写秋天傍晚的清景和淡淡的相思之情，见出作者感受清新、手法自然、风格淡雅的特点，这和谢灵运模山范水、穷形极貌、“富艳难踪”的山水诗是迥然不同的。

第三，伫兴而发，不事雕饰。孟浩然的五言诗，本来得力于汉魏诗的通脱和陶渊明诗的平淡自然，如行云流水，行于所当行，止于不得不止。游历既多，谙习山水情趣，所以他的山水诗往往触景而发，若有所悟和妙手自得；泻于笔下，若大匠运斤，不求工而自工。严羽以禅喻诗，将孟浩然和韩愈相比：“且孟襄阳学力下退之远甚，而其诗独出退之之上者，一味妙悟而已。”（《沧浪诗话·诗辨》）虽然流于主观唯心和偏颇，但也说明了孟诗伫兴而发，不事雕饰的特点。他的《北涧泛舟》：“北涧流恒满，泛舟触处通。沿洄自有趣，何必五湖中。”写泛舟的自在情趣，平淡写来，如话家常，而情趣饱满，兴味自注其中。

第四，孟浩然还喜欢且善于写想象中的事物，给读者留下丰富的想象空间。如“行看武昌柳，仿佛掩楼台”（《溯江至武昌》），“暝帆何处泊？遥指落星湾”（《下赣石》），“泊舟浔阳郭，始见香炉峰”（《晚泊浔阳望庐山》），“鸡鸣问何处，人物是秦余”（《宿武陵即事》）。武昌柳、落星湾和桃花源都不是诗人亲眼所见，而是想象中的事物；香炉峰虽是即目，也只点到为止，并不加以具体描写。这种亦实亦虚、虚实结合的写法，其艺术效果往往胜于纯客观的模山范水。

孟浩然的诗篇基本上创作于开元盛世。同时，作为大半生蛰居襄阳一隅的封建隐士，他既没有卷入上层政治斗争的漩涡，就不可能看到当时事实上已经显露出来的种种社会矛盾，他所关心感慨的主要是个人的出处穷通，而不是人民的疾苦。这样，他的作品就只能局限于描写田园隐居和寻山访水的闲情逸致，抒发个人仕途失意的愁怀，因而缺乏广阔深厚的社会内容和光彩照人的理想。苏轼曾说："浩然之诗，韵高而才短，如造内法酒手，而无材料耳。"(《后山诗话》引)这一评论是公允的。同李白、杜甫等伟大诗人相比，孟浩然的确算不上是才华横溢的诗人。他的诗不但数量少，题材狭窄；就诗体说，他所擅长的是五言，而且也止于短小篇什，而没有宏篇巨制，这正是他缺少才气和生活积累的局限。此外，孟浩然作为从初唐到盛唐过渡阶段的诗人，他的某些作品，如《美人分香》《春情》等，还有宫体诗的痕迹；另外一些与僧人道士的应酬之作，谈佛说道，标榜出世，身世两忘，那就更不足取了。

三

孟浩然诗生前无自定本，直至他死后，王士源"乡里购采"，"敷求四方"，集其诗二百一十八首，编为四卷，始有孟集行世。但原集至宋已亡。今存南宋蜀刻本《孟浩然集》二百一十二首，为南宋人所辑，少原集六首，且多残缺讹舛。《四部丛刊》影印明刻本增至二百六十三首，较原集反多出四十五首，是后人掺入的作品。但丛刊本现今通行，文字上的讹误也较少。本书便以丛刊本为主要依据，同时参稽宋本和《全唐诗》，选诗差近孟诗的一半，孟诗的精华基本已包括其中了。

诗集的编次，自然以编年为上。但孟浩然一生经历简单，史传记载甚略，许多作品很难考定写作年代，欲将孟诗完全编年，殆无可能。本选译以诗体为次，先五古，次七古，次排律，次五律，次七律，次五绝，次七绝。各体之下，大略以年代先后为次；其无可依据者，则次于最后。

本书无论注、译、提示、前言，都参考吸收了前人和当代专家的研究成果，文中未能一一指出，在此一并致谢。

由于译注者水平所限，加之时间仓促，书中错误在所难免，幸望读者批评指正。

邓安生（南开大学历史学院）

孙佩君（南开大学历史学院）

五言古诗

登鹿门山怀古[①]

从诗中一些句子看，此诗当作于诗人早年尚未隐居鹿门山时。诗先写清晨乘船赴鹿门山沿途所见，“沙禽”“浦树”二句的描写，正是清晨景物特色，可见诗人“兴”浓。继写登山探访隐士遗踪，见隐士遗迹尚存，但那高风亮节已相去邈远，便无限感慨，抒发了深沉的怀古幽情。末写“回舻”，留下无限眷恋，表达了对古代高士的仰慕。

① 鹿门山：在今湖北襄阳东南。《后汉书·逸民传》引《襄阳记》说，鹿门山旧名苏岭山，东汉光武帝建武年间，襄阳侯习郁立神祠于山，刻二石鹿，夹神道庙口，俗因称鹿门庙，又以庙名山。

清晓因兴来，乘流越江岘。沙禽近方识，浦树遥莫辨。渐到鹿门山，山明翠微浅[①]。岩潭多屈曲，舟楫屡回转。昔闻庞德公[②]，采药遂不返。金涧养芝术[③]，石床卧苔藓。纷吾感耆旧[④]，结缆事攀践。隐迹今尚存，高风邈已远。白云何时去，丹桂空偃蹇[⑤]。探讨意未穷，回舻夕阳晚[⑥]。

①翠微：青葱的山气。 ②庞德公：东汉襄阳人，隐居岘山，和司马徽、诸葛亮为友。荆州牧刘表几次以礼相请，皆不就。后携妻子入鹿门山采药，一去未返。 ③金涧：指风景秀美的山涧。石崇《金谷序》："余有别庐，在河南界金谷涧中，或高或下，有清泉茂树众果竹木草药之属。"芝：灵芝，是一种菌类植物。术（zhú）：草名，亦名山蓟，根茎可入药。有白术、苍术等数种。芝术：这里泛指野生药材。 ④纷：盛多。耆（qí）旧：指德高望重的老人。 ⑤丹桂：桂树的一种。嵇含《南方草木状》："桂有三种：叶如柏叶，皮赭为丹桂。"偃蹇（jiǎn）：古义多项，此处是高耸、盘结的样子。 ⑥舻（lú）：船头，此指船。

翻译

清晨怀着兴致出门来，
小船渡过汉江绕岘山。
沙洲的水鸟近看才可识别，
水边的树木远望不能分辨。
船行款款来到鹿门山，
阳光明亮使山岚浅淡。
岩石间的潭水曲曲弯弯，
行船到此每每迂回绕转。

听说庞德公曾到这里，
入山采药一去不复返。
山涧中生长着灵芝和白术，
石床上滋满了厚厚的苔藓。
深深感念这位襄阳前贤，
系住缆绳举足向上登攀。
隐居的遗迹至今犹可寻觅，
超俗的风格已经远离人间。
相伴的白云不知何时飘去，
栽下的丹桂空自高耸宛转。
寻迹怀古兴味犹未尽，
划船归来夕阳落西山。

洗然弟竹亭

诗人在《入峡寄弟》中说:“吾昔与汝辈,读书常闭门。”知诗人有弟数人。据《送洗然弟进士举》,知洗然后来曾赴举,其他事迹未详。此诗通过竹亭述志,先叙与诸弟很友爱,且都有远大的志向。后写弟兄们如竹林七贤,雅集竹亭,赋诗、饮酒、弹琴,以寄托豪情逸气。诗写得恬淡自然,且写与诸弟常在一起,当是早年的作品。

吾与二三子①,平生结交深。
俱怀鸿鹄志②,共有鹡鸰心③。
逸气假毫翰④,清风在竹林⑤。
达是酒中趣, 琴上偶然音⑥。

---

① 二三子:语出《论语·述而》:“二三子以我为隐乎?”这里指诗人的几个弟弟。 ② 鸿鹄(hú)志:指远大的志向。《史记·陈涉世家》:“陈涉太息曰:‘嗟乎,燕雀安知鸿鹄之志哉!’”鸿,大雁。鹄,天鹅。③ 鹡鸰(jí líng):也作“脊令”,是一种长脚长尾的小鸟,常在水边觅食昆虫。《诗·小雅·常棣》:“脊令在原,兄弟急难。”后人遂以鹡鸰喻兄弟。鹡鸰心,指兄弟互相扶助的思想。 ④ 逸气:高雅脱俗的

情趣。毫翰：毛笔。毫，长而尖的毛。翰，鸟羽毛。古代用毫翰作笔。后来也借指用笔写的诗文。 ⑤ 清风：实指竹亭的清爽，也暗喻人的清操洁行。竹林：切“竹亭”，也是借竹林七贤竹林之游喻指诗人与诸弟在竹亭游乐、遗落世事的志尚。 ⑥“琴上”句：《晋书·陶潜传》载，陶潜不解音律，而蓄无弦琴一张。每酒适，则抚弄以寄其意，说：“但识琴中趣，何劳弦上音！”

翻译

我与你们几个兄弟，
一向友爱情谊很深。
共同怀抱鸿鹄大志，
都有互相救助之心。
高雅的情趣借诗文表达，
清风亮节存留在竹林。
饮酒中尽享旷达的乐趣，
偶奏超俗拔群的雅音。

登望楚山最高顶[①]

这首诗写登望楚山所见胜景，抒发对家乡山水的赞美之情。主旨在表现襄阳的“形胜”，所以除中间四句着力描写望楚山的陡峭高耸，表现其雄奇之美外，又想象云梦、武陵景象。不仅极言山高，而且见出诗人壮阔的胸怀和飞动的逸兴。结二句写流连忘返，月下傍银光潋滟的清溪归来的感受，风格一变为隽美，余韵绵邈。

① 望楚山：又名楚山，在今湖北襄阳西南。

山水观形胜[①]，襄阳美会稽[②]。
最高唯望楚，曾未一攀跻[③]。
石壁疑削成，众山比全低。
晴明试登陟[④]，目极无端倪。
云梦掌中小[⑤]，武陵花处迷[⑥]。
暝还归骑下，萝月映深溪。

---

① 形胜：地势优越。　② 会稽：古郡名，相当于今江苏东南部及浙江西部，境内有会稽山、秦望山、镜湖、若耶溪等著名山水。　③ 跻

(jī)：登。 ④ 陟(zhì)：登。 ⑤ 云梦：古泽名。今湖南省洞庭湖以北，湖北安陆以南，古代是一片湖泽地带，称云梦。 ⑥ 武陵：古郡名，在今湖南省境内。陶渊明《桃花源记》说，晋太元中，武陵一渔人捕鱼，偶于桃花林尽头发现一洞，洞中人生活与外面迥然不同。他被其中居民留住数日后辞出，后来再去寻找，即失其所在。

翻译

观山水重在形势之胜，
襄阳之美超过会稽。
只有最高的望楚山，
先前从未来攀陟。
石崖峭壁疑是刀削而成，
众山同它相比全都太低。
晴朗的日子一经登上峰顶，
极目远眺果然无边无际。
云梦泽只有手掌一样窄小，
武陵源在繁花掩映中扑朔迷离。
黄昏后骑马下山归来，
透过藤萝明月映在深溪里。

田园作

这首诗写年已三十，仍然闲居田园的愤懑和急欲出仕的心情。作者少怀大志，昼夜自强，自以为词赋已工，可以一展怀抱。但终因无人援引，直至“三十而立”之年，仍然功名无成。所以结句以扬雄自况，既抒发感慨，又表白希望得到执政者援引，早日实现雄心壮志的心迹。

弊庐隔尘喧①，惟先养恬素②。卜邻近三径③，植果盈千树④。粤余任推迁⑤，三十犹未遇⑥。书剑时将晚⑦，丘园日空暮。晨兴自多怀，昼坐常寡悟。冲天羡鸿鹄，争食羞鸡鹜⑧。望断金马门⑨，劳歌采樵路⑩。乡曲无知己，朝端乏亲故。谁能为扬雄⑪，一荐《甘泉赋》⑫！

---

① 弊庐：简陋的房屋，是对自家住宅的谦称。尘喧：尘世的喧闹。陶渊明《饮酒》诗之六：“结庐在人境，而无车马喧。”这句是说家世的清贫高洁。 ② 先：先人，祖先。恬（tián）素：淡泊素朴。 ③ 卜邻：择邻。卜，古人用火灼龟以预测吉凶。这里是选择的意思。三径：西汉末，王莽专权，兖州刺史蒋诩辞官归田，院中竹下开三条小径，

只与隐士求仲、羊仲往来。见《三辅决录》。这里指高贤隐士的家园。 ④“植果”句:《史记·货殖传》:“安邑千树枣,燕、秦千树栗,蜀、汉、江陵千树橘……身有处士之义而取给焉。”这句说隐居种植,自给自足。 ⑤粤(yuè):发语词,无义。 ⑥三十:三十岁。《论语·为政》:“三十而立。”遇:指得到君主的赏识而被任用。 ⑦书剑:《史记·项羽本纪》载,项羽少时,学书不成,去而学剑,又不成。叔父项梁很生气,项羽说:“书足以记名姓而已,剑一人敌,学万人敌。”古人谓作官为学仕,这里学文学武即指建立功业。 ⑧骛(wù):野鸭。《楚辞·卜居》:“宁与黄鹄比翼乎?将与鸡骛争食乎?”⑨金马门:汉武帝时官门,是文学侍从等待皇帝诏见的官署。⑩劳歌:“劳者歌其事”的缩语,意思是劳作者歌唱劳作之事。⑪扬雄:西汉文学家。字子云,成都人。祖辈以农桑为业,至扬雄已贫。年四十余游京师,以辞赋著称,被推荐给汉武帝而得仕。见《汉书·扬雄传》。这里是自比。 ⑫《甘泉赋》:扬雄侍从汉成帝至甘泉(在今陕西淳化西北),作《甘泉赋》,极言车骑之众,威仪之盛,得到成帝赏识。

翻译

陋居远离尘世的喧闹,

先辈生活得淡泊素朴。

选择邻居靠近高贤,

种植着上千株果树。

到了我却任凭时光推迁，
年已三十还没有被知遇。
学书学剑都已为时太晚，
在田园把岁月白白耽误。
清早起来独自多有感怀，
白天坐着常常少能解悟。
羡慕冲天而飞的鸿鹄，
羞当鸡鸭只知争食物。
遥对金马门望穿双眼，
唱着劳作歌走在采樵路。
穷乡僻壤没有知己，
朝廷重臣中无亲无故。
谁能替穷困才高的扬雄，
推荐上一篇《甘泉赋》！

书怀贻京邑同好

这首咏怀诗表达了怀才不遇的愤懑和渴望出仕施展抱负的愿望。开篇先叙身世，说明自己系孟子后裔，长在世代重儒风的家庭，从小受诗礼之教，并获得了较高的文学修养。次写自己成年后运命不通，又亲老家贫，所以向京中当政知己表明自己已“弹冠”准备出仕，望故人援引。全诗慷慨悲凉，风格浑健，颇有建安风力。

惟先自邹鲁[①]，家世重儒风。诗礼袭遗训[②]，趋庭绍末躬[③]。昼夜常自强[④]，词赋颇亦工[⑤]。三十既成立[⑥]，嗟吁命不通。慈亲向羸老[⑦]，喜惧在深衷[⑧]。甘脆朝不足[⑨]，箪瓢夕屡空[⑩]。执鞭慕夫子[⑪]，捧檄怀毛公[⑫]。感激遂弹冠[⑬]，安能守固穷[⑭]？当途诉知己[⑮]，投刺匪求蒙[⑯]。秦楚邈离异[⑰]，翻飞何日同[⑱]！

---

① 惟：语首助词。邹鲁：周代两个诸侯国名，都在今山东省境内，是周代礼乐昌盛之地。孟子为邹人。此指自己的祖先是孟子。

② 诗礼：儒家以《诗》《书》《礼》《乐》《易》《春秋》为六经，这里用“诗

礼”代指儒术。 ③ 趋庭:《论语·季氏》载,孔子的儿子鲤,一次在庭院中趋步(小步快走),走过孔子面前,孔子问他学诗学礼没有,并告诉他“不学诗,无以言”,“不学礼,无以立”。后来人们称子承父教为“趋庭”。绍:承继。末躬:微末的自身。 ④ 自强:自己努力图强。《易·乾象》:“君子以自强不息。” ⑤ 词赋:代指诗赋文章。⑥ 三十:见《田园作》注。 ⑦ 慈亲:母亲。羸(léi)老:瘦弱衰老。⑧ 喜惧:《论语·里仁》:“父母之年,不可不知也。一则以喜,一则以惧。” ⑨ 甘脆:美味的食品。《战国策·韩二》:聂政说自己家贫,客游以为狗屠,“可旦夕得甘脆以养亲”。 ⑩ 箪(dān):盛饭用的竹制食器。瓢:剖葫芦做成的舀水或盛酒的器具。箪瓢屡空,形容贫穷。⑪ 执鞭:执鞭驾车。《论语·述而》:“子曰:‘富而可求也,虽执鞭之士,吾亦为之。’” ⑫ 捧檄:东汉庐江毛义,家贫,以孝行著称。官府征召他去做官,毛义捧着檄文,喜形于色。母死,便辞官守服。后来官府又征召他,他再也不出来做官了。诗人用此典故说明自己是为侍养老母而求官。 ⑬ 弹冠:准备入仕的意思。西汉王吉(字子阳)与禹贡为友,王吉做了卿相,禹贡在家知道王吉会引荐他,就弹去冠上尘土,准备出仕。当时人称“王阳在位,贡公弹冠”。 ⑭ 守固穷:安于困顿的处境。语出《论语·卫灵公》:“君子固穷,小人穷斯滥矣。” ⑮ 当途:当道,指执政者。 ⑯ 刺:名札。匪求蒙:不是去乞求蒙昧的人。匪即非。 ⑰ 秦:今陕西一带,古属秦国,是唐代京都所在地。楚:今湖北一带,古属楚国,此指诗人故乡襄阳。 ⑱ 翻飞:鸟振翅高飞,喻指仕途顺利。

翻译

我的先祖从邹鲁分支，
世世代代崇尚儒风。
学诗习礼遵循祖上遗教，
子承父训直至我依然相同。
昼夜苦读时时自强不息，
诗文词章已经相当精工。
到了三十已是而立之年，
只可叹命运不好仕途不通。
慈母一天天接近衰老，
一喜一忧都在我心中。
奉养的美味总不能充足，
简陋的食器里常常空空。
敬慕为富贵宁愿执鞭的孔子，
怀念捧檄书喜形于色的毛公。
因感于挚友在位激起弹冠欲望，
哪能够甘心情愿固守困穷？
我是向执政的好友倾诉心愿，
不是乱投名札乞求官场的昏庸。
秦楚两地相隔这么遥远，
何时才能与你一齐仕途亨通！

晚春卧疾寄张八子容[1]

本诗是孟浩然早年的作品。诗人当时在家中，而张子容被贬为乐城尉。诗写暮春卧病起来游园林，见春意阑珊，百花自开自落，草木随意生长，感到大自然物各适性的美，由此感伤自己和张子容命途多舛。诗由此转入讽刺世途，寄怀知己。对自己前途渺茫的感伤及不得已而相信运命的慨叹，都表明诗人心志仍期待仕进。暮春景色的描写，色彩斑斓，富有生机。诗中引不得志古人作比，寄托尤深。

① 张八子容：张子容，行八，先天二年（713）进士，曾被贬为乐城（今浙江乐清）尉。是孟浩然同乡好友。

南陌春将晚[1]，北窗犹卧病[2]。林园久不游，草木一何盛。狭径花将尽，闲庭竹扫净。翠羽戏兰苕[3]，赪鳞动荷柄[4]。念我平生好[5]，江乡远从政[6]。云山阻梦思，衾枕劳感咏[7]。感咏复何为？同心恨别离[8]。世途皆自媚[9]，流俗寡相知。贾谊才空逸[10]，安仁鬓欲丝[11]。遥情每东注[12]，奔晷复西驰[13]。常恐填沟壑[14]，无由振羽仪[15]。穷通若

有命[16]，欲向论中推。

---

① 陌：田间小路，此指郊野。 ② 北窗：语出陶渊明《与子俨等疏》："常言五六月中，北窗下卧……自谓是羲皇上人。"此句指自己生活的闲适与孤寂。 ③ 翠羽：翡翠鸟的羽毛。此借指翡翠鸟。兰苕(tiáo)：兰花。郭璞《游仙诗》："翡翠戏兰苕，容色更相鲜。" ④ 赪(chēng)：赤色。 ⑤ 好：友好，友人。此指张子容。 ⑥ 江乡：指江南水乡，此指张子容所在的乐城一带。 ⑦ 衾(qīn)：被子。衾枕：卧枕拥衾，指卧病在床。 ⑧ 同心：志同道合的好友。 ⑨ 世途：指仕途。自媚：自己爱惜自己。蔡邕《饮马长城窟行》："入门各自媚，谁肯相为言。" ⑩ 贾谊(公元前201—前169)：汉洛阳人，年少有才学。文帝召为博士，超迁至太中大夫。谊请定正朔、易服色、制法度、兴礼乐，写有《治安策》等奏议文。文帝欲任以公卿之位，为周勃、灌婴等大臣所忌，出为长沙王太傅，迁梁怀王太傅卒，年三十三。逸：奔放。此句比张子容。 ⑪ 安仁：潘岳(247—300)，字安仁，河南中牟人。西晋时文人，少有才名，词藻绝丽，尤善为哀诔之文。三十二岁时著《秋兴赋》，序中有"始见二毛"(指鬓有白发)语。此句自比。 ⑫ 东注：向东奔流。指怀念远在东方乐城的张子容。⑬ 晷(guǐ)：即日规，是测日影以定时刻的仪器，代指日影。奔晷，指太阳自东向西奔驰。 ⑭ 填沟壑：死后弃尸溪谷，指贫贱而死。⑮ 羽仪：犹羽翼。振羽翼即振翅高飞。 ⑯ 穷通：困顿和显达。论：当指论穷通的书。《魏书·刘芳传》载，刘芳曾著有《穷通论》。

翻译

南郊已是暮春景色，

我还在北窗下静卧养病。

久已不到园林游赏，

草木枝叶成荫多么茂盛。

小径旁的花已将开尽，

静静的庭院被竹梢拂净。

翡翠鸟在兰花间嬉戏，

红鲤鱼穿游摇动荷茎。

对此景想起我平生好友，

远在江南水乡报效朝廷。

云山重重把梦魂隔断，

抱枕拥被而感念苦吟。

感念苦吟又是为了什么？

抒发与挚友的别离之情。

世途上人人都只知自爱，

流俗中我们少有知音。

贾谊枉自才华高迈，

潘岳徒叹两鬓白发滋生。

怀远的情思常常向东流注，

飞奔的太阳又匆匆落向西岭。

常耽心贫贱而死身填溪谷，

不能如鸿雁展翅高飞在云岑。

困顿显达若真是命中注定，

真想到论穷通的书中寻个究竟。

入峡寄弟[①]

这首诗写入巴蜀经三峡时的艰险和思乡忆弟之情。长江三峡陡峭险峻，风景绝胜。作者这次经三峡正当深秋，诗中“壁立千峰峻，潀流万壑奔。我来凡几宿，无夕不闻猿”正是对三峡险境的高度概括。“浦上”以下则触景生情，由入明月峡而思念与家人团圆，见鹡鸰在原而感念兄弟分离，感情表现得自然、真挚。

① 峡：指长江流经重庆奉节至湖北宜昌之间的险隘地带，其中最著名的有巫峡、巴峡、明月峡等。弟：指孟洗然、孟邕等。作者曾和他们一起隐居读书，都胸怀大志，感情很深。

吾昔与汝辈，读书常闭门。未尝冒湍险，岂顾垂堂言[①]。自此历江湖，辛勤难具论。往来行旅弊，开凿禹功存[②]。壁立千峰峻，潀流万壑奔[③]。我来凡几宿，无夕不闻猿。浦上思归恋[④]，舟中失梦魂。泪沾明月峡[⑤]，心断鹡鸰原[⑥]。离阔星难聚[⑦]，秋深露易繁。因君下南楚[⑧]，书此寄乡园[⑨]。

① 垂堂言：指古谚“家累千金，坐不垂堂”（见《汉书·司马相如传》），意思是富家子弟懂得自爱，不坐堂前檐下，以免房上的瓦掉下来砸伤自己。 ② 禹功：大禹的功迹。大禹治水，疏通江河，传说他开凿黄河三门峡，连同长江三峡也附会为他所开凿。 ③ 淙（cóng）：急流。 ④ 浦：水口，江边。 ⑤ 明月峡：在今湖北巴东。峡口南岸壁高四十丈，壁上有圆孔，形如满月。 ⑥ 鹡鸰：见《洗然弟竹亭》注。 ⑦ 星难聚：参星和辰星，一在西方，一在东方，出没各不相见。借以比喻彼此隔离。 ⑧ 君：指被托咐寄诗的人。南楚：指江陵、襄阳一带。《汉书·高帝纪》注引孟康说，江陵为南楚，吴为东楚，彭城为西楚。 ⑨ 乡园：家乡。

翻译

先前我和你们，

读书不常出门。

不曾冒过激流的危险，

哪理会坐不垂堂的古训。

从这次出来游历江湖，

艰辛困苦难以一一述陈。

峡中往来的旅客疲弊不堪，

幸赖大禹开凿之功至今犹存。

两岸峭壁耸立起上千座险峰，
湍急的水流在万条壑谷涌奔。
我来这里总共才几天，
没有一夜不听到猿的啼声。
江边宿息时归思依依，
船只行进中落魄失魂。
明月峡中泪水沾湿了衣裳，
原野的鹡鸰使人断肠伤神。
离得太远星星也难相聚，
晚秋季节露水越来越深。
趁着先生顺流直下南楚，
写下这首诗寄给家乡亲人。

早发渔浦潭[1]

诗写清晨船从渔浦潭开出时的情景及沿江所见，反映出诗人浓厚的旅途情趣和舒畅的胸怀。诗先以旭日"光芒"使水鸟惊聒、"卧闻"桨声暗荡，将"早发"写得别具情趣。继写日出后雾气消散，渐见江路广阔，绘出沿江风光的壮美。临流"照影"的少女、"饮水"的猿猴、"祭鱼"的水獭等，则给人以清新的感觉。江景开朗，物色清美，鸟兽得时，表现出诗人置身于大自然中的喜悦。诗的意境宏阔高远。

① 渔浦潭：在今浙江富阳富春江上。

东旭早光芒，　渚禽已惊聒[1]。
卧闻渔浦口，　桡声暗相拨[2]。
日出气象分[3]，始知江路阔。
美人常晏起[4]，照影弄流沫[5]。
饮水畏惊猿，　祭鱼时见獭[6]。
舟行自无闷，　况值晴景豁。

① 聒(guō):喧扰,语声嘈杂乱人耳。 ② 桡(ráo):船桨。 ③ 气象:自然界的景色。 ④ 晏起:晚起。 ⑤ 照影:临水照看自己的梳装打扮。流沫:水流激起的浪花形成的浪沫。 ⑥“祭鱼”句:獭为食鱼水兽,性贪食,常从水中捕到很多鱼,摆在地上,像陈列祭品,故世称“獭祭鱼”。此指看到水獭。

翻译

东方旭日早早露出光芒,
沙洲上水鸟闹闹嚷嚷。
睡卧中听说已到渔浦潭边,
桨儿隐隐地把水拨响。
太阳出来照耀得景象分明,
才知道江面上如此宽广。
美女们贪睡常爱晚起,
拨开水沫照着倩影梳妆。
舟行只怕惊扰饮水的猿猴,
不时见到水獭爬到岸上。
乘船而行自然没有烦闷,
更何况遇晴日景象开朗。

经七里滩[1]

此诗当作于诗人漫游吴越期间溯钱塘江西上初经七里滩时。此行不仅观赏了七里滩的奇景，也探访了东汉高士严子陵的遗迹，这与“五岳追尚子，三湘吊屈平”旨趣一致。据《文选》谢灵运《七里濑》诗题下注引《甘州记》说：“桐庐县有七里濑，濑下数里至严陵濑。”从“钓矶平可坐，苔磴滑难步”看，诗人曾登上钓台探幽。这里景色美丽，人迹罕至，猿鸟自在出没，确是隐居的好处所。结尾二句明白道出此行的真正乐趣，在深入山水的逸趣中，不再关心尘务。

① 七里滩：又名七里濑、七里泷、富春渚。在今浙江桐庐，长七里，两山夹峙，东阳江流其间，水流湍急，行船难以牵挽，快慢要看风力，故民间有“有风七里，无风七十里”之谚。

余奉垂堂诫[1]，千金非所轻[2]。为多山水乐，频作泛舟行。五岳追尚子[3]，三湘吊屈平[4]。湖经洞庭阔，江入新安清[5]。复闻严陵濑[6]，乃在此川路。叠嶂数百里，沿洄非一趣[7]。彩翠相氛氲[8]，别流乱奔注。钓矶平可坐[9]，苔磴滑难

步[10]。猿饮石下潭，鸟还日边树。观奇恨来晚，

倚棹惜将暮[11]。挥手弄潺湲[12]，从兹洗尘虑。

---

① 垂堂诫：见《入峡寄弟》诗注。 ② 千金：本指富贵人家的子弟，此指千金之躯，即身躯。 ③ 五岳：即中岳嵩山、东岳泰山、西岳华山、南岳衡山、北岳恒山。尚子：东汉尚长（一作向长），字子平，隐居不仕，等到把儿女婚嫁事办完，就和友人北海禽庆去漫游五岳名山，后不知所终。 ④ 三湘：关于三湘的解释，历来不一致，这里是泛指洞庭湖南北、湘江流域一带。 ⑤ 新安：新安江，钱塘江支流。源出安徽省歙县黄山，东南流入浙江省境，流经建德、淳安南部，入钱塘江。 ⑥ 严陵濑（lài）：相传后汉严光（子陵）隐居富春山，后人名其钓处为严陵濑，在浙江桐庐南。 ⑦ 沿洄（huí）：顺流而下为沿，逆流而上为洄。 ⑧ 氛氲（yūn）：盛多的样子。 ⑨ 钓矶（jī）：严陵濑有相传为严光垂钓时坐的大石，后人称钓矶。矶，水边突出的岩石。 ⑩ 磴（dèng）：石阶。 ⑪ 棹（zhào）：划船的工具，也代指船。 ⑫ 潺湲（yuán）：水流的样子。屈原《九歌·湘夫人》："荒忽兮远望，观流水兮潺湲。"这里指流水。

翻译

我遵从坐不垂堂的告诫，

对生命并不敢随意看轻。

只因观赏山水有很多乐趣，
这才频频离开家泛舟远行。
到五岳追寻过尚长的遗踪，
临三湘凭吊过沉江的屈平。
经过洞庭湖才得见湖面的辽阔，
进了新安江更领略江水的澄清。
又听说著名的严陵濑，
竟然也在这条江路中。
层峦叠嶂绵延几百里，
下行上溯情趣无穷。
彩霞青霭映衬色彩纷呈，
条条支流纷纷奔涌汇注。
钓鱼的石矶平坦可坐，
铺满青苔的石阶光滑得难以举步。
猿猴在石下潭边饮水，
归巢小鸟飞向西边的远树。
观赏瑰丽景色只恨来得太晚，
倚凭着船舷叹息天色将暮。
挥手拨弄着江中流水，
从此一洗尘世的烦忧。

宿天台桐柏观[①]

从诗的首句看，诗人此行当是由海上到天台山的。这之间曾泛舟海上“缅寻沧洲趣”，然后再到天台山。憩桐柏观为全诗重点，这里有“采秀弄芝草”、听鹤唳、闻鸡鸣、观早潮之趣，与当时纷扰的尘世、黑暗的官场生活形成对比。故想脱离官场，去掉烦恼，来此隐居，学老子、老莱子的长生之道。表达了对仕途的厌倦、对隐逸生活的追慕。结尾写“望三山”。诗人在《寄天台道士》中有“海上求仙客，三山望几时”二句，可见对三神山的向往。但此处“云涛空浩浩”，又流露出对三山不可得见的失望。

① 天台：天台山，在今浙江天台北，是仙霞岭山脉的东支，为我国古代名山。桐柏观(guàn)：又名桐柏宫，在天台山，为唐朝天台道士司马承祯所建。见《清一统志》。

海行信风帆，夕宿逗云岛。缅寻沧洲趣[①]，近爱赤城好[②]。扪萝亦践苔[③]，辍棹恣探讨。息阴憩桐柏[④]，采秀弄芝草[⑤]。鹤唳清露垂[⑥]，鸡鸣信潮早[⑦]。愿言解缨绂[⑧]，从此去烦恼。高步凌四明[⑨]，玄踪得二老[⑩]。纷吾远游意，学彼长生道。

日夕望三山[11]，云涛空浩浩。

---

① 缅寻：远处探访。缅，遥远的样子。沧洲：滨水的地方，古代称隐者所居。 ② 赤城：赤城山，一名烧山，土色赤，状似云霞，在浙江天台北，是去天台山的必经之路。 ③“扪萝”句：活用孙绰《游天台山赋》中“践莓苔之滑石，搏壁立之翠屏。揽樛木之长萝，援葛藟之飞茎”的意思。 ④ 息阴：即息影，指停止活动。 ⑤ 秀：指灵芝草。⑥ 鹤唳（lì）：鹤鸣。王充《论衡·变动》：“夜及半而鹤唳，晨将旦而鸡鸣。” ⑦ 信潮：潮水定时而起，故称。 ⑧ 愿言：想、思。言，助词。缨绂（fú）：冠饰和印绶，这里借指官职。缨，系冠的丝带。绂，系官印的丝带。 ⑨ 四明：山名。四明山自天台山发脉而绵亘于奉化、慈溪、余姚、上虞、嵊州诸地。相传群峰之间，上有方石，四面如开窗，中通日月星辰之光，故名四明山。 ⑩ 二老：老子和老莱子。老莱子，春秋时楚隐士，避世乱，耕于蒙山下。楚王闻其贤，欲用之，老莱子遂与其妻至江南隐居不出。 ⑪ 三山：秦汉方士称东海中仙人所居的三神山。也称三岛，因其形状像壶，故又叫三壶。《史记·秦始皇本纪》：“齐人徐市等上书，言海中有三神山，名曰蓬莱、方丈、瀛洲，仙人居之。”

翻译

凭风鼓帆海上行，

黄昏住宿逗云岛。

远寻水滨隐者的乐趣，
近爱赤城山无限美好。
手揽长萝足踩着软苔，
停下船纵情寻胜探妙。
桐柏观中稍事休息，
采摘灵芝仙人草。
深夜鹤鸣露水垂降，
拂晓鸡啼信潮早。
真想抛开官服印信，
从此去掉世间烦恼。
迈开大步登上四明高顶，
企盼幽深的踪迹中寻得二老。
我饶有离家远游的意趣，
就是要学他们的长生之道。
日日夜夜遥望海上三神山，
只看到云水相接一片浩渺。

岁暮海上作

这首诗写岁暮的无聊，表现了作者抱负不得施展的失落感。“虚舟任所适，垂钓非有待”，看出诗人随流漂泊，旅情无主的心态。结尾表示沧洲也不可得见，不过是任意而行罢了。全诗基调较低沉，从浮海远逝的幽思中表现出对岁时改易而自己却无所事事的怅惘。

仲尼既已殁，　余亦浮于海[①]。
昏见斗柄回[②]，　方知岁星改[③]。
虚舟任所适[④]，　垂钓非有待[⑤]。
为问乘槎人[⑥]，　沧洲复何在[⑦]？

① 浮于海：用《论语·公冶长》“道不行，乘桴浮于海”语意，表示不得志而避世。　② 斗柄：斗，北斗星。它在不同的季节和夜晚不同的时间，出现在天边不同的方位，看起来像围着北极星转动，所以古人根据初昏时斗柄所指的方向来确定季节。回：旋转。　③ 岁星：即木星。古人把黄道带分为十二份，每份为一宫，以木星在其中移动一宫为一年。岁星改，即指新的一年开始了。　④ 虚舟：本指空船，后也指轻便的木船。比喻人事的飘忽不定。　⑤“垂钓”句：暗用姜

子牙在渭水之滨垂钓得遇周文王的故事。 ⑥ 乘槎(chá):张华《博物志》说,有个住在海边的人,年年八月看到有浮槎,来往于海与天河,从不失期,这人就“乘槎而去”,到达天河。槎,竹、木筏。 ⑦ 沧洲:指海上可供隐居的地方。

翻译

孔夫子已经死了许多年,
我如今也在乘船浮游大海。
天黑时见北斗星斗柄掉转,
才知道新的一年即将到来。
任轻便的木船随意飘去,
垂下钓竿并没有什么期待。
问一问乘槎归来的人,
究竟哪里有瀛洲蓬莱?

题长安主人壁

这首诗写仕途失意，久滞长安的慨叹。作者入京应进士试，落第后没有立即返乡，本想通过友人的荐举求取仕进，但没有成功，旷日持久，难免有满腹的牢骚。但他又不愿就此甘休，还想通过献赋取得功名，所以诗中有"欲随平子去，犹未献《甘泉》"的留恋。这是一首咏怀诗，述情哀怨真切，又间以写景出之，颇能感人。

久废南山田①，谬陪东阁贤②。
欲随平子去③，犹未献《甘泉》④。
枕席琴书满，　褰帷远岫连⑤。
我来如昨日，　庭树忽鸣蝉。
促织惊寒女⑥，秋风思长年⑦。
授衣当九月⑧，无褐竟谁怜⑨。

① 南山：泛指南面的山。陶渊明《饮酒》诗："采菊东篱下，悠然见南山。"唐人诗歌中因常以南山代指隐居地。这里指作者家乡岘山。
② 谬陪：自谦不配奉陪。谬，荒谬，荒唐。东阁(gé)贤：《汉书·公孙弘传》载，公孙弘做丞相时，"开东阁以延贤人"。这里指当时在朝廷

作官的友人张九龄、王维等。阁，小门。 ③ 平子：张衡的字。张衡，东汉南阳西鄂（今河南南阳）人，杰出的思想家、文学家、科学家。《文选》载他的《归田赋》说："游都邑以永久，无明略以佐时……感老氏之遗诫，将回驾乎蓬庐。"抒发志士失意，隐居田园的愤慨。 ④《甘泉》：见《田园作》注。 ⑤ 褰（qiān）帷：撩开帷帘。岫（xiù）：山峦。此指终南山。 ⑥ 促织：蟋蟀的别名，又作"趋织"。古谚有"趋织鸣，懒妇惊"。这句说促织的鸣叫使人感知寒秋已至。 ⑦ 长年：唐时长江三峡中人称船工为长年。 ⑧ 授衣：周代九月由妇女制备冬衣，叫授衣。《诗·豳风·七月》："七月流火，九月授衣。" ⑨ 褐（hè）：粗毛粗麻织的短衣。《诗·豳风·七月》："无衣无褐，何以卒岁？"

翻译

南山的田园久被荒废，
我却在这里谬陪诸贤。
心想学张衡回驾归蓬庐，
又牵念还没把《甘泉赋》献。
枕席上面堆满了琴和书，
撩开窗帘远处山山相连。
我来长安好像就在昨天，
庭树中忽然已蝉声一片。
蟋蟀吟叫惊动了寒女，

秋风中愁苦了驾船的长年。

正当“九月授衣”的时候，

无衣无褐终究谁肯相怜。

南阳北阻雪[1]

本诗诗题一作《南归阻雪》，是失意归来行至南阳北所作。前四句交代时地，对京都的回顾和对乡山的渴望，表现出归途怅惘的情怀。中间四句写黄昏时茫茫雪原所见，“孤烟”“归雁”“饥鹰捉寒兔”等，一片荒凉景象，喻示出诗人此时的处境。后四句写自己怀才不遇，仕途坎坷，落第还乡的羞愧心里。全诗表现了诗人心情的忧郁和冷漠。

① 南阳：今河南南阳。

我行滞宛许[1]，日夕望京豫[2]。
旷野莽茫茫，　乡山在何处？
孤烟村际起，　归雁天边去。
积雪覆平皋[3]，饥鹰捉寒兔。
少年弄文墨，　属意在章句[4]。
十上耻还家[5]，徘徊守归路。

---

① 宛：唐朝为南阳县，即现在的河南南阳。许：唐朝的许昌县，即现

在的河南许昌。 ② 京：指长安。豫：本指河南省一带，这里借指洛阳。长安、洛阳为汉代东西二都，这里指代京城。 ③ 平皋（gāo）：水边平地。皋，水岸。 ④ 属意：注意。章句：分析古书的章节句读。这里指诗歌。 ⑤ 十上：多次献赋上书。这里用了苏秦的故事。《战国策·秦策》记载，苏秦游说秦王，“书十上而说不行”，回家后受到父母妻嫂的冷落。

翻译

我南归滞留在宛许间，
黄昏时分回望京都。
空旷的原野莽莽苍苍，
却不知家乡竟在何处？
一缕炊烟从村头升起，
南归的大雁在天边隐去。
积雪覆盖了平坦的田野，
苍鹰捕捉寒天中的野兔。
年轻时就喜好舞文弄墨，
专意在诗文上苦下功夫。
多次上书不被采纳无颜还家，
犹豫不前面对着回乡的道路。

仲夏归南园寄京邑旧游[1]

此诗写自长安落第归来后的心情和今后打算。开篇先述说平素最赞许陶渊明，而自己却栖栖于京城路上为功名奔波。继写欲忠事明主而不得，便为孝侍老亲而归来，委婉地慨叹了自己的不遇。最后向在朝诸友表明今后要学陶渊明和许由，隐居田园，不再出仕。以旷达的态度排解满腹的惆怅，是这诗的一重要特点。

① 仲夏：夏季的第二个月，即农历五月。京邑：京城，指长安。南园：又名汉南园或涧南园，在襄阳城南岘山附近，是孟浩然的本宅。

尝读《高士传》[1]，最嘉陶征君[2]。
日耽田园趣，自谓羲皇人[3]。
余复何为者，栖栖徒问津[4]。
中年废丘壑，上国旅风尘[5]。
忠欲事明主，孝思侍老亲。
归来冒炎暑，耕稼不及春。
扇枕北窗下[6]，采芝南涧滨。
因声谢朝列[7]，吾慕颍阳真[8]。

①《高士传》:晋皇甫谧撰。流传至今的《高士传》共三卷,录晋以前高士九十六人。这里或指另一种写隐逸的传记,或泛指高士的传记。 ② 陶征君:东晋诗人陶渊明。东晋安帝义熙末年,朝廷征他为著作佐郎,他不就职。经朝廷征聘过的士人叫征士,美称之为征君。 ③“自谓”句:陶渊明《与子俨等疏》:“尝言五六月中,北窗下卧,遇凉风暂至,自谓是羲皇上人。”羲皇:传说中的上古帝王伏羲氏。羲皇上人,指太古时代的人。 ④“余复”二句:《论语·宪问》:“微生亩谓孔子曰:‘丘(孔子名)何为是栖栖者与?’”栖栖:匆匆奔走的样子。又《论语·微子》:“长沮、桀溺(两位隐者)耦而耕,孔子过之,使子路问津焉。”诗即活用这两处意思,来反问自己为什么要为求功名而奔忙。 ⑤“中年”二句:指他四十岁离家进京应进士试不第,旅居长安的事。丘壑,深山幽谷,指隐居的地方。上国:京师,首都。 ⑥“扇枕”句:用陶渊明《与子俨等疏》中“五六月中,北窗下卧”意思,极言生活闲适。 ⑦ 因声:因人寄声。此指托人带诗。朝列:本指官吏在朝廷的位次,这里当指在朝为官的友人。 ⑧ 颍阳:代指上古高士许由。尧让天下与许由,许由不受。后尧又欲聘许由为九州长,许由仍不受,而隐耕于颍水之阳(水的北面),箕山之下(见皇甫谧《高士传》)。

翻译

我曾经读过《高士传》,

最赞许的是陶征君渊明。
天天陶醉于田园的乐趣，
自称是太古时代的人。
可我又是为的什么，
栖栖遑遑空自劳奔。
人到中年却离开丘园乡土，
风尘仆仆远赴京城。
想尽忠要为明主出力，
欲守孝道本该侍奉老母亲。
冒着炎酷暑赶回家来，
还是没赶上春播的节令。
摇扇高卧在北窗之下，
采摘灵芝在南涧水滨。
借助这诗致意在朝朋友，
我羡慕隐居颍上的纯真。

夜渡湘水

诗作于由湘江转浔阳的时候。诗写初经夜渡的感受,从舟子心理,写到江上夜景。细心观察体会江行所见,表现出诗人内心的宁静,一种驱逐尘心的美感享受,完全来自自然。“露气”“歌声”二句写舟行的近境,“榜人”“渔子”两句写岸边的远境。通首不离“暗”字,但“闻芳杜”“识《采莲》”一片活泼趣味,不脱湘江景色。结句二语,看到诗人想象力的飞腾,形容出对浔阳的向往,更使舟行意味无穷。

客舟贪利涉①,暗里渡湘川。
露气闻芳杜②,歌声识《采莲》③。
榜人投岸火④,渔子宿潭烟⑤。
行侣时相问,浔阳何处边⑥?

---

① 舟:《四部丛刊》本作“行”,据《全唐诗》改。利涉:利于渡江。
② 芳:《四部丛刊》本作“香”,据《全唐诗》改。杜:杜若,芳草名。
③《采莲》:《采莲曲》,这里泛指江南民歌。 ④ 榜(bàng)人:船夫。榜,船桨。 ⑤ 潭:同“浔”,江边。 ⑥ 浔阳:今江西九江。

翻译

客船贪图利于航行，

夜里摸黑渡湘川。

露气中飘来杜若香，

棹歌声听出唱《采莲》。

船夫划向岸上灯火处，

渔人夜宿烟笼的江滩。

旅伴们不时相问讯，

浔阳江城在哪边？

彭蠡湖中望庐山[①]

这首诗写船过彭蠡湖时，望见庐山，引起对庐山高僧的缅怀，表达了对俗事的厌倦和对隐逸生活的向往。诗写庐山，先突出它“势压九江”的气势，再描绘它的山色和高峻，处处扣紧“望”字，寥寥几笔，便勾勒出映在曙空的庐山雄姿。又抓住它最有代表性的香炉飞瀑来渲染，就更引人入胜。诗由“望”景而生情，过渡极自然。末尾“寄言”，说明庐山已留驻心中。此诗笔力雄健，但用白描写意表现庐山的壮美和作者情志，又显示出孟诗本色。

① 彭蠡(lǐ)湖：即今江西省的鄱阳湖。庐山：在今江西九江西南鄱阳湖畔。

太虚生月晕[①]，舟子知天风。挂席候明发[②]，渺漫平湖中。中流见匡阜[③]，势压九江雄[④]。黯黮凝黛色[⑤]，峥嵘当曙空[⑥]。香炉初上日[⑦]，瀑水喷成虹。久欲追尚子[⑧]，况兹怀远公[⑨]。我来限于役[⑩]，未暇息微躬[⑪]。淮海途将半[⑫]，星霜岁欲穷[⑬]。寄言岩栖者，毕趣当来同[⑭]。

① 太虚：天空。月晕：环绕月亮周围的光气。我国有“月晕而风”的谚语。 ② 挂席：挂上帆席，扬帆。明发：黎明、平明。 ③ 匡阜：庐山。庐山又名匡山、庐阜，总名匡庐，故此称“匡阜”。 ④ 九江：汉刘歆把流入彭蠡湖的湖汉九水称九江。 ⑤ 黯黮（dǎn）：不明的样子。黛：青黑色颜料。 ⑥ 峥嵘：高峻的样子。 ⑦ 香炉：即香炉峰，是庐山北峰，因形状似香炉，故名。峰下有瀑布，著称于世。 ⑧ 尚子：见《经七里滩》注。 ⑨ 远公：慧远法师，东晋高僧。居庐山东林寺，和隐士刘遗民等结白莲社，后世奉为莲宗初祖。 ⑩ 役：行役，此指行旅事。 ⑪ 微：卑微。谦词。 ⑫ 淮海：指扬州。《书·禹贡》有“淮海惟扬州”。 ⑬ 星霜：星宿因地球自转，一年一周天循环，霜遇寒一年一降。故以“星霜”喻年岁改易。 ⑭ 毕：完毕。此指办完该办的事情。趣（cù）：急速。

翻译

天空中现出月晕的光环，
撑船人知道将要起风。
扯起帆席等待天晓，
船行进在浩渺平静的湖中。
行至湖心庐山在望，
雄踞九江与众不同。
山色濛濛凝成青黛色，

峥嵘耸立在曙光初现的天空。
朝阳刚刚照射到香炉峰上，
瀑水飞溅映出一道彩虹。
很久以来就想追随隐士尚长，
触景生情又缅怀高僧远公。
我来这里本为行旅所限，
没时间在这里歇息探胜。
去扬州路才走了将近一半，
星转霜降时光又近年终。
请转告隐居山野的高人逸士，
结束了行役我当来结伴相从。

自浔阳泛舟经明海作[①]

诗写借逗留浔阳的机会，乘舟漫游了五湖三湘，并凭吊了古人遗迹。观江涛，体会枚乘《七发》的描写；临湘江，感慨《吊屈原文》所写的屈原的遭际。这些都触发了诗人念国怀乡的情怀。“魏阙心常在，金门诏不忘”，表明他虽身处江湖，心却念念不忘入仕，效力朝廷。结尾语句很沉痛，说自己不如上林雁，雁还能飞近朝廷。表达了对朝廷的无限眷恋和求仕无门的苦闷。

① 明海：未详。诗题一作《自浔阳泛舟经湖海》。

大江分九派[①]，淼漫成水乡。

舟子乘利涉[②]，往来逗浔阳。

因之泛五湖[③]，流浪经三湘[④]。

观涛壮枚发[⑤]，吊屈痛沉湘[⑥]。

魏阙心常在[⑦]，金门诏不忘[⑧]。

遥怜上林雁[⑨]，冰泮已回翔[⑩]。

---

① 九派：长江在浔阳有九条支流流入，因此说分九派。郭璞《江赋》：

“流九派乎浔阳。” ② 利涉:见《夜渡湘水》注。 ③ 五湖:关于五湖所指,历来说法不一,这里当是泛指湖北、湖南一带的湖泊。 ④ 三湘:见《经七里滩》注。 ⑤ 枚发:枚乘《七发》。枚乘,西汉淮阴(今属江苏省)人,字叔。先后为吴王刘濞、梁孝王刘武的文学侍从之臣。枚乘擅辞赋,《七发》是他的代表作,其中观涛一段,写得声势壮阔。 ⑥ 吊屈:贾谊《吊屈原文》。屈原,战国时楚大夫,遭谗放逐,后投汨罗江而死。汉贾谊被谪为长沙王太傅,渡湘水时曾作《吊屈原文》,托湘流而吊祭屈原。 ⑦ 魏阙:古代宫门外的阙门,为悬布法律条文的地方,也称魏观、象魏。后作为朝廷的代称。 ⑧ 金门:金马门的省称,详见《田园作》注。 ⑨ 上林:苑名,其地在今陕西长安县。本为旧秦苑,汉武帝扩建,方圆至三百里,有离宫七十所,苑中养禽兽,供皇帝春秋打猎。 ⑩ 冰泮(pàn):冰融,解冻。

翻译

九条支流在浔阳汇注长江,
浩渺一片把这里变成水乡。
撑船人乘着水势行船,
来来往往都逗留浔阳。
我借这九派水势泛舟五湖,
乘流破浪经过三湘。
观波涛感到枚乘《七发》的壮美,
吊祭屈原哀痛他自沉于江。

高高的魏阙常挂心怀，
金马门待诏我不能忘。
遥念去南方过冬的上林雁，
河水解冻时已往回飞翔。

送辛大之鄂渚不及[①]

辛谔原也和诗人一样，怀才不遇，隐居西山。但从本诗“蒲轮去渐遥”句看，辛这次当是去应聘。诗写没赶上为辛送行，黄昏时独自徘徊江边愁绪满怀和望断天涯的情景，表达对好友的眷恋和深情，也反映了诗人的孤独和寂寞。

① 辛大：名谔，孟浩然乡里友人。鄂渚（zhǔ）：地名，在今湖北武昌境内。

送君不相见，　日暮独愁绪。
江上久徘徊，　天边迷处所。
郡邑经樊邓[①]，　云山入嵩汝[②]。
蒲轮去渐遥[③]，　石径徒延伫[④]。

---

① 樊邓：樊城和邓城。樊城今属湖北襄阳。邓城在樊城北。
② 嵩汝：嵩山和汝水。嵩山，在河南登封北。汝水，源出河南鲁山，流经宝申、襄城、郾城、上蔡、汝南而注入淮河。　③ 蒲轮：古时征聘老年贤士时用蒲草裹车轮，使不震动，以表示敬意。《汉书·武帝纪》记载建元元年，“遣使者安车蒲轮，束帛加璧，征鲁申公”。这里

蒲轮借指辛大乘的车或船。 ④“石径”句：由孔稚珪《北山移文》中“石径荒凉徒延伫”句变化来，以表示惜别与怅惘。

翻译

为你送行没赶上相见，
黄昏中独自一人愁思万千。
我久久地徘徊在江边，
你的去处已经茫茫一片。
前面路过的郡邑樊城和邓县，
还有白云缭绕的汝水和嵩山。
你乘的蒲轮安车越走越远，
我伫立石径枉自滞留忘返。

夏日南亭怀辛大①

诗写夏日傍晚诗人在南亭隐居生活闲静的美感和缺少知音的怅惘。诗的写景，自然有情致。“荷风”“竹露”一联，是清幽之美的最佳表现。晚唐的皮日休在《郢州孟亭记》中曾赞美孟浩然能“遇景入咏，不钩奇抉异”，并举此诗中“荷风送香气，竹露滴清响”二句，与何逊的名句“露湿寒塘草，月映清淮流”作比，认为可“争胜于毫厘间”。

① 辛大：见《送辛大之鄂渚不及》题注。

山光忽西落，　池月渐东上。
散发乘夕凉①，　开轩卧闲敞②。
荷风送香气，　竹露滴清响。
欲取鸣琴弹③，　恨无知音赏④。
感此怀故人，　中宵劳梦想⑤。

---

① 散发：披散着头发，指隐居不冠簪，是自由自在，不受世俗礼仪拘束的表现。嵇康《幽愤诗》：“散发岩岫。”　② 轩：窗。闲敞：安适敞

朗。 ③ 鸣琴:琴。用阮籍《咏怀》“夜中不能寐,起坐弹鸣琴”诗意。 ④ 知音:《吕氏春秋·本味》记载:伯牙善弹琴,钟子期善听琴,钟子期死,伯牙以为已无知音,便破琴绝弦,终身不再弹。后世因称懂得自己琴意的人为知音。 ⑤ 梦想:梦寐怀想,形容思念深切。

翻译

山中日光匆匆西落,
池边的明月渐渐东上。
披散开头发来乘晚凉,
开窗高卧多么闲适敞朗。
微风掠过荷花送来清香,
露珠暗滴竹叶发出轻响。
本想取出琴儿弹奏一曲,
却遗憾没有知音欣赏。
想到此怀念起我的老友,
夜半在睡梦中还苦苦把他想。

宿来公山房期丁大不至[1]

孟浩然在《送丁大凤进士赴举呈张九龄》中曾说丁凤有王佐才，但因无人援引，多次落第归来。丁凤可能始终隐居襄阳。此诗写期待丁大来访的渴盼心情，表达了友情的诚挚。一、二句交待时、地，切“宿”“山房”。三、四句写“松月”上而凉生，风起而泉传响，突出山间清美，是盼丁大来同此良宵。五、六句写到樵夫归家，烟鸟归巢，一切该歇的都歇了，暗示丁大也该到来，见出期待的迫切。七、八句写丁大既约同宿，诗人便携琴候于紫萝小径，不计夜深，表现期待的诚挚。句句围绕“期”字写，创造了一种净无纤尘的境界。

① 来公：一作业师。丁大：名凤，孟浩然乡里友人。

夕阳度西岭，　群壑倏已暝[1]。
松月生夜凉，　风泉满清听。
樵人归欲尽，　烟鸟栖初定[2]。
之子期宿来[3]**，　孤琴候萝径**。

① 倏(shū):极快地。暝:昏暗。 ② 烟鸟:暮霭中的归鸟。 ③ 之子:是子,相当于这位先生。此指丁大。

翻译

夕阳越过西山岭,
万谷顷刻昏暗不明。
松间升起明月夜晚变凉,
风吟泉唱满耳清音。
樵夫差不多都已回家,
烟林中鸟儿也刚刚栖定。
丁大已约好来此同宿,
我携琴独等在紫萝小径。

涧南园即事贻皎上人

皎上人，僧人名皎，生平未详。从诗中的内容看，二人以前交往并不多。诗题为“即事”，是就自己在涧南园的生活情景加以描述。诗首二句为全诗描述的概括。正因在“郭外”，才有“左右林野旷，不闻城市喧”的开阔幽静；正因“素业唯田园”，才有“钓竿垂北涧，樵唱入南轩”的田园乐趣。这些都写得极自然，没有其他诗写幽居时流露出的孤寂情调。结尾点出书赠皎上人，表达自己淡泊的心志。

弊庐在郭外，素业唯田园①。

左右林野旷，不闻城市喧。

钓竿垂北涧，樵唱入南轩。

书取幽栖事，还寻静者言②。

---

① 素业：素，旧的。业，产业。他在《南山下与老圃期种瓜》中说：“先人留素业，老圃作邻家。” ② 静者：指跳出尘世的出家人，这里指皎上人。

翻译

简陋的房舍在城外，

先人的薄产只有田园。

周围林茂田野广阔，

不闻城市中车马声喧。

舍北的涧水足可垂钓，

唱着樵歌回到我的南轩。

写出我的隐居情事，

还来寻访高僧晤言。

登江中孤屿赠白云先生王迥[①]

诗先写登上孤屿所见景物，引人遐想，再回忆与友人泛舟的美好情景，最后写“南望鹿门山”，抑制不住思念之苦，表达了对友人的深情。诗的写景，很有特点。“回潭”“绿筱”，为孤屿上眼前景物，“鲛人”为想象中事物，“夕阳开晚照”则是回忆中的景色。写得层次清楚，富于变化。

① 江中孤屿：当是涧南园附近汉江中的一个小岛。王迥：行九，号白云先生。家住鹿门山，是孟浩然好友。

悠悠清江水，　水落沙屿出。
回潭石下深，　绿筱岸傍密[①]。
鲛人潜不见[②]，渔父歌自逸[③]。
忆与君别时，　泛舟如昨日。
夕阳开晚照，　中坐兴非一。
南望鹿门山，　归来恨相失。

---

① 筱（xiǎo）：细竹子。　② 鲛人：又作蛟人。神话传说中居于海底

的怪人。晋张华《博物志》:“南海水有鲛人,水居如鱼,不废织绩,其眼能泣珠。” ③ 渔父(fǔ):渔翁。父,老人的通称。

翻译

碧波荡漾江水清清,
江水退去露出小岛沙洲。
岩石下潭水漩流深不见底,
绿油油的细竹傍岸长得稠。
鲛人潜入潭底不见踪影,
渔翁唱起棹歌自在优游。
回想与您分别时,
那情景就像昨日泛舟。
夕阳照着傍晚景物,
岛上独坐的雅兴应有尽有。
向南遥望鹿门山,
归来满腹是别绪离愁。

送丁大凤进士赴举呈张九龄[①]

丁凤将赴京应进士举，作者写这首诗为他送行，所以诗中首先称道丁凤的才学，勉励他积极进取，求得功名。同时这首诗又是献给正在朝为官的张九龄的，所以又有请求张九龄对丁凤加以援引之意。这首诗约作于开元二十一年至二十二年。在此以前，孟浩然也是每试不第，并多次上书献赋终失意而归。诗的中四句不仅是说丁凤怀才不遇，也是包括作者自己在内的。全诗既抒发了对贤才被遗弃在野的愤懑，也表白了自己要求出仕，希望得到授引的心情。

① 张九龄：字子寿，唐代韶州曲江（今属广东）人。开元二十一年任中书侍郎、同中书门下平章事，二十四年为李林甫所谗罢相。

吾观《鷦鷯赋》[①]，君负王佐才[②]。
惜无金张援[③]，　十上空归来[④]。
弃置乡园老，　翻飞羽翼摧[⑤]。
故人今在位[⑥]，　岐路莫迟回[⑦]。

① 鹪鹩赋：晋代张华所作赋名。《晋书·张华传》说，张华初未知名，著《鹪鹩赋》寄托志趣。阮籍读后赞叹说："王佐之才也！"于是名声始著。这里用以比喻丁凤的辞赋。鹪鹩，鸟名。 ② 王佐才：辅佐帝王治国的才干。 ③ 金张：金，金日磾（mì dī），自汉武帝至平帝，其家七世为内侍。张，张安世，其家世为侍中、常侍者十余人。后因以金张为功臣世族和权臣的代称。 ④ 十上：多次向皇帝上书。《战国策·秦策一》："（苏秦）说秦王，书十上而说不行。"唐代文人求取功名，除应举，还可上书献赋。 ⑤ 翻：飞。摧：毁坏，损伤。⑥ 故人：指张九龄。 ⑦ 岐路：出仕和隐居是两条不同的道路，故称岐路。这里实指出仕。

翻译

我看你写的辞赋，
你身怀辅佐帝王之才。
可惜没有显贵的援引，
多次上书都落空归来。
闲困家园岁月催人老，
飞来飞去摧折了羽翼。
老朋友现正在朝居官，
仕途上你切莫徘徊。

采樵作

这首诗写深山观采樵所见景物和隐居的幽趣。采樵人是樵夫，不是作者自己，首句是写樵夫。“山深”以下三句写山林的古老幽深，道路的险阻难行。作者捕捉“桥崩”“卧楂”“垂藤”等生动形象入诗，写得很传神。后四句写日暮时杖策长歌返归，萧然旷远的意趣想象可得。

采樵入深山，　山深树重叠。
桥崩卧楂拥[1]，　路险垂藤接。
日落伴将稀，　山风拂薜衣[2]。
长歌负轻策[3]，　平野望烟归。

① 楂：通“杈”，旁出的树枝。　② 薜(bì)衣：薜草编织的衣服，隐者所服。薜，香草名。　③ 长歌：拉长声调唱歌。负：背，扛。这里是拄持的意思。策：手杖。

翻译

打柴进到深山里头，
山林幽深树木重重叠叠。
桥梁崩塌横卧树杈支撑，
道路险阻垂藤缠绕连接。
夕阳西落樵伴渐见稀少，
山风吹拂身上的薜萝衣。
拄着轻便手杖放声长歌，
望着平野的炊烟款款而归。

听郑五愔弹琴[①]

这首诗借写听琴,抒写了自己的情志。诗开篇便把郑愔比作善饮的阮籍,又用"半酣"时以袖拂琴等细节描写,突出郑弹琴时潇洒不羁的神态。接着用"一杯弹一曲,不觉夕阳沉"来表现他精湛的琴技和令人陶醉的情景。最后在赞美琴调高雅时表明了自己"意在山水"的夙志。诗的韵律明快流畅,本身就像一首悦耳的琴曲。

① 郑五愔(yīn):即郑愔,排行第五,故称郑五愔。

阮籍推名饮[①],清风坐竹林。
半酣下衫袖, 拂拭龙唇琴[②]。
一杯弹一曲, 不觉夕阳沉。
余意在山水, 闻之谐夙心[③]。

---

① 阮籍:字嗣宗,三国魏著名诗人。他生活在魏晋易代之际,不满现实,又怕遭迫害,于是就纵酒谈玄,蔑视礼法。曾与山涛、嵇康等七人集于竹林之中,弹琴饮酒游乐,时人称为竹林七贤。 ② 龙唇琴:古琴名。《古琴疏》:"荀季和(淑)有琴曰龙唇。"这里泛指琴。 ③ 谐:合。夙心:平素的志向、情趣。

翻译

郑愔像阮籍以善饮著名，
畅饮在清风吹拂的竹林。
酒至半酣甩下衣袖，
拂去龙唇琴的浮尘。
饮一杯美酒弹奏一支曲，
不知不觉间已夕阳西沉。
我的志趣本来在寄情山水，
听这琴曲恰合我的本心。

秋登万山寄张五[1]

诗围绕清秋季节登高来写。先写为望友人而登高，故“心随雁飞灭”。因薄暮时思念之“愁”和清秋之“兴”无法排遣，更因登高而望，只见“归村人”，而不见友人踪影，所以要相邀重阳节携酒登高共醉。全诗表达了对友人的思念之情。诗用极洗炼严谨的诗句，描绘了登高所见的清秋薄暮景色，其中“天边树若荠，江畔舟如月”，更是诗人的名句，向来脍炙人口。

① 万山：一名汉皋山，在今湖北襄阳西北。张五：张諲，曾任官刑部员外郎。据诗人《寻张五回夜园作》有“闻就庞公隐，移居近洞湖”，知张諲也曾隐居鹿门山。因此诗又作《九月九日岘山寄张子容》，故有人怀疑张五为张八之误。见岑仲勉《唐人行第录》。

北山白云里，　隐者自怡悦[1]。
相望试登高，　心随雁飞灭。
愁因薄暮起，　兴是清秋发。
时见归村人，　沙行渡头歇。
天边树若荠，　江畔舟如月[2]。
何当载酒来[3]，　共醉重阳节。

①“北山”二句：晋·陶弘景《诏问山中何所有赋诗以答》：“山中何所有？岭上多白云。只可自怡悦，不堪持赠君。”这两句由此变化出来。北山：指张五隐居的山。 ②“天边”二句：隋·薛道衡《敬酬杨仆射山斋独坐》中有：“遥原树若荠，远水舟如叶。”这两句似是据此变化而成。荠(jì)：荠菜，一年或多年生草本植物，花白色，茎叶嫩时可食。 ③何当：商量之辞，相当于“何妨”或“何如”。

翻译

在北山的白云深处，
一位隐居者自逸自悦。
为望友人我登高远眺，
心随着鸿雁远去渐隐渐灭。
怀人之愁因天近黄昏引起，
触发登高的雅兴是清秋时节。
不时可望见回村的人，
走过沙滩在渡口停歇。
天边的野树如荠菜丛丛，
江畔的小船像一弯新月。
何妨携酒来登山，
开怀畅饮同庆重阳佳节。

初春汉中漾舟[①]

诗写汉江中漾舟,知诗写于家乡隐居时。荡舟地选在岘山下、汉皋曲,地点神奇可爱。初春天气,冰开潭绿,邀几个知己,携妓荡舟,倾杯畅饮,联句赋诗,正是当时文人的风流雅兴。这种无拘无束的"恣"意探玩,使诗人游兴大发,毫无厌足,表现出对自由生活的热爱。结尾写应"秉烛夜游",流露出及时行乐的消极情绪,从侧面反映出仕途的不得意。

① 汉:汉水,也称汉江,是长江最大支流。

羊公岘山下[①], 神女汉皋曲[②]。
雪罢冰复开, 春潭千丈绿。
轻舟恣来往, 探玩无厌足。
波影摇妓钗, 沙光逐人目。
倾杯鱼鸟醉, 联句莺花续[③]。
良会难再逢, 日入须秉烛[④]。

---

① 羊公:羊祜,字叔子,西晋大臣,任尚书左仆射,都督荆州诸军,镇

襄阳。每逢风和日丽则登临岘山。他镇襄阳时有功德，死后百姓为他在岘山建碑立庙，杜预名之曰堕泪碑。岘山：在襄阳城南九里，东临汉水，为襄阳名胜之一。 ② 神女：《文选》张平子《南都赋》："耕父扬光于清泠之渊，游女弄珠于汉皋之曲。"李善注引《韩诗外传》："郑交甫将南适楚，遵彼汉皋台下，乃遇二女佩两珠，大如荆鸡之卵。"汉皋：汉皋山，一名万山，在今湖北襄阳西北。 ③ 联句：赋诗时，每人一句或几句，合而成篇，叫联句。 ④ 秉烛：指秉烛夜游。《古诗》："昼短苦夜长，何不秉烛游。"后人常用秉烛夜游指及时行乐，这里表示对漾舟良会的留恋。

翻译

羊叔子喜爱的岘山下，
神女弄珠的汉皋山曲。
瑞雪已停坚冰又融解，
初春潭水千丈清澈碧绿。
荡轻舟泛汉水任意来往，
探寻赏玩毫不感到满足。
江波荡漾着歌女的钗影，
日光照射沙滩耀人眼目。
倾杯换盏连鱼鸟都陶醉，
赋诗联句遣莺花来接续。
美好的聚合难以再逢，
日落后还当点上蜡烛。

万山潭[①]

这首诗写万山潭的幽趣和作者心境的宁静，表现出超然物外的思想。潭水清澈，鱼翔浅底，猿挂藤间，与宁静的心境构成和谐的整体，寻神女遗迹也在有意无意之间，是一首飘逸自然、气韵生动的山水诗。

① 万山潭：在今湖北襄阳西北十里万山（又名汉皋山）下，临汉水。诗题一作《万山潭作》。

垂钓坐磐石[①]，水清心益闲。
鱼行潭树下，　猿挂岛藤间[②]。
游女昔解佩[③]，传闻于此山。
求之不可得，　沿月棹歌还。

---

① 磐石：扁平而厚的大石。　② 岛：海中陆地，这里指万山潭边的洲渚。　③ 解佩：《列仙传》说，江妃二女出游于江汉边，逢郑交甫。交甫以目挑之，并求其身上的佩物，待转身离去数十步，佩和二女都不见了。佩，古人系在衣带上的装饰品，有佩刀、佩囊、佩玉等。

翻译

坐在磐石上垂钓，
潭水清澈心更安闲。
鱼在映着树影的潭里游戏，
猿猴倒挂在洲渚的藤间。
仙女解下佩物相赠，
传说就在这一座山。
寻找遗迹既不可得，
趁月色唱着船歌还。

七言古诗

夜归鹿门歌[1]

孟浩然家在襄阳城南的岘山附近，名南园。鹿门山在岘山东南约二十里处，有孟浩然的隐居别业。他后来隐居于此，但有时去南园，所以诗题说“夜归”。这首诗的主旨是抒发隐逸的幽趣，所以晚钟、昼昏、月照、岩扉、松径等景物一一概括入诗，并且融为一个和谐、静谧的整体，而这些又同第二句的人们在渔梁渡争渡时的喧闹景象形成鲜明对照，表现的是摆脱尘俗的思想。结联则境界幽眇，不食人间烟火，独往独来的超然情态如在目前。

① 鹿门：即鹿门山，详见《登鹿门山怀古》注。

山寺鸣钟昼已昏，　渔梁渡头争渡喧[1]。
人随沙岸向江村，　余亦乘舟归鹿门。
鹿门月照开烟树，　忽到庞公栖隐处[2]。
岩扉松径长寂寥[3]，　惟有幽人自来去[4]。

---

① 渔梁：一作“鱼梁”，洲名，在襄阳岘山附近的沔水中。　② 庞公：即庞德公，详见《登鹿门山怀古》注。　③ 岩扉：石门。　④ 幽人：

隐居的人。

翻译

山寺响起晚钟天色已昏，
渔梁渡口腾起争渡的喧声。
村人沿着沙岸归向江村，
我也乘着小舟回到鹿门。
月光照亮夜雾迷濛的树林，
不觉来到庞德公的栖隐处。
石门松径永远冷清寂寞，
只有隐居的人自来自去。

鹦鹉洲送王九游江左[1]

老朋友王迥将游江东，作者送至武汉的鹦鹉洲，作诗赠别，盛称鹦鹉洲的优美可爱。开篇二句先从昔日登黄鹤楼遥望鹦鹉洲的印象，逗出一个“爱”字，为今日的游赏作一铺垫。“洲势”以下，即着意描写鹦鹉洲的胜景：碧流、水鸟、夕阳、沙石、舟人、浣女、明月、芦花、江风、杜若……从傍晚到月夜，从无生命体到有生命体，依次写来，浓笔重彩，声光满纸。最后以“君行采采莫相忘”作结，点出送王迥出游之意。鹦鹉洲是故乡的象征，“采采”是对上面所写繁花胜景的概括，又暗寓作者送行的感情，于是作者劝友人此行不要乐而忘返，以至于忘了家乡和友人的一片深情，全都包含在这一句临别赠言之中。

① 鹦鹉洲：在湖北武汉市南长江中。相传汉末江夏太守黄祖的儿子黄射在此大会宾客，有人献鹦鹉，祢衡作《鹦鹉赋》，故名。王九：见《登江中孤屿赠白云先生王迥》题注。

昔登江上黄鹤楼[1]，遥爱江中鹦鹉洲。
洲势逶迤绕碧流，鸳鸯鸂鶒满滩头[2]。
滩头日落沙碛长[3]，金沙耀耀动飙光[4]。
舟人牵锦缆，浣女结罗裳[5]。

月明全见芦花白， 风起遥闻杜若香[6]。

君行采采莫相忘[7]。

---

① 黄鹤楼：在今湖北武汉市蛇山上，传说古代有仙人乘黄鹤过此，故名。 ② 鸂鶒(xī chì)：水鸟名，形似鸳鸯而大。 ③ 沙碛(qì)：沙石。 ④ 飙光：光华。飙，通“焱”，火花。 ⑤ 浣(huàn)：洗。结：系扎，指收拾洗好的衣服，准备回家。 ⑥ 杜若：香草名，夏季开花，白色。 ⑦ 采采：花盛貌。

翻译

过去登临江边的黄鹤楼，
最喜爱远处江中的鹦鹉洲。
鹦鹉洲地势蜿蜒绿水环绕，
鸳鸯鸂鶒落满沙洲的滩头。
日落时分滩头沙石长又长，
金子似的河沙闪闪放光芒。
船工们拉着彩色的缆绳，
洗衣女整理起绫罗衣裳。
月光明亮洁白的芦花清晰可见，
清风吹来远远闻到杜若的芳香。
朋友啊，走后莫把这繁花胜景忘。

高阳池送朱二①

这首送别诗用今昔对比手法，先追忆“当昔襄阳”高阳池的繁华，再写如今“四面荒凉”的景象。怀古伤今，感伤襄阳不再有山简这样的人物，自己也就不再有什么希望。故结尾向朱二表示了归隐的心愿。

① 高阳池：据《襄阳记》记载：汉代习郁在岘山南依范蠡养鱼法作鱼池，池边有高堤，种竹及楸，芙蓉、菱芡覆水，是游宴名处。晋山简镇守襄阳时，每临此池，则大醉而归，曰：“此是我高阳池也。”朱二：名字及事迹未详。

当昔襄阳雄盛时，山公常醉习家池。池边钓女自相随，妆成照影竞来窥。澄波澹澹芙蓉发，绿岸毵毵杨柳垂①。一朝物变人亦非，四面荒凉人住稀。意气豪华何处在②？空余草露湿罗衣。此地朝来饯行者，翻向此中牧征马。征马分飞日渐斜，见此空为人所嗟。殷勤为访桃源路③，予亦归来松子家④。

① 毵毵(sān):毛发枝条细长的样子。 ② 意气:指像山简那样的豪情逸气。 ③ 桃源:也称世外桃源,是陶渊明《桃花源记》虚构的与世隔绝的乐土。说那里人人丰衣足食,怡然自乐,不知世间祸乱忧患,是人们想逃避现实的理想境界。 ④ 松子:即赤松子,是传说中的仙人。

翻译

想当年襄阳鼎盛的时候,
山简常常醉卧在习家池。
邻近的渔女相伴来梳洗,
妆成争相照看水中影。
池中清波荡漾荷花开,
堤岸绿柳披拂软软垂。
忽然时过境迁人散尽,
池周围一片荒凉人烟稀。
当年的豪情繁华今何在?
只留下杂草丛丛露水湿人衣。
原本早晨饯别行人的处所,
如今变成放牧军马的草地。
征马东奔西突太阳渐西斜,

此情此景只能叫人空叹息。
盼你留意寻访桃源的路径，
我也要回到赤松子的家里。

五言排律

秦中苦雨思归赠袁左丞贺侍郎[1]

这首诗作于应进士试不第，羁居长安之时，抒发了对遭受权贵打击，有志不得伸展的愤懑，表示同权贵决绝，归隐山林的志向。全诗直抒胸臆，质直不藏，字里行间充满着慷慨悲凉之气，尚有汉魏风骨。

① 秦中：指京城长安。袁左丞：即袁仁敬，时为尚书左丞。贺侍郎：即贺知章，时为工部侍郎。

苦学三十载，　闭门江汉阴[1]。
明扬逢圣代[2]，羁旅属秋霖[3]。
岂直昏垫苦[4]，亦为权势沉。
二毛催白发[5]，百镒罄黄金[6]。
泪忆岘山堕，　愁怀湘水深[7]。
谢公积愤懑[8]，庄舄空谣吟[9]。
跃马非吾事[10]，狎鸥真我心[11]。
寄言当路者[12]，去矣北山岑[13]！

---

① 江汉阴：指襄阳。汉水是长江的支流，襄阳在汉水之南，水南为

阴，故称。 ② 明扬：选拔。此指考选进士。圣代：古人称誉自己所处的朝代为圣朝或圣代。 ③ 霖：雨下三天以上为霖。 ④ 昏垫：因水灾而昏暗迷惘。 ⑤ 二毛：人老头发斑白。 ⑥“百镒”句：《战国策·秦策一》载：苏秦以连横游说秦王，书十上而其说不行，黑貂之裘弊，黄金百斤尽，资用乏绝。这里是说盘缠钱用光了。镒，古二十两（一说二十四两）为一镒。罄（qìng）：尽。 ⑦“愁怀”句：张衡《四愁诗》：“我所思兮在桂林，欲往从之湘水深。”这里用湘水比喻愁深。湘水，即湘江，在今湖南省境内，北入洞庭湖。 ⑧ 谢公：指南朝诗人谢朓，他的《酬德赋》有“思披文而信道，散愤懑于胸臆”句。 ⑨ 庄舄（xì）：战国时越国人，仕于楚，富贵不忘故国。他得了病，楚王派人去看他，见他仍哼着越国的歌曲。见《史记·陈轸传》。这里借以表示自己思念家乡。谣：没有乐器伴奏而唱歌，即徒歌。 ⑩ 跃马：战国时蔡泽去找唐举相面，唐举取笑他相貌不凡，必大富贵，从今以后还有四十三年。蔡泽说：我身怀黄金之印，跃马驰驱，食肉富贵，四十三年足够了。见《史记·蔡泽传》。 ⑪ 狎（xiá）鸥：《列子·黄帝》说，古时海边有人好鸥鸟，日从鸥鸟游，鸥鸟至者以百数。狎，亲近。 ⑫ 当路者：身居要职掌握政权的人。 ⑬ 北山岑（cén）：北面的山。山高而小曰岑。这里泛指隐居山林。《后汉书·逸民·法真传》载：法真隐居不仕，太守想请他为郡功曹，他坚辞不肯，说：“若欲吏之，真将在北山之北，南山之南矣！”

翻译

读书学习已三十个年头，

关起门隐居长江汉水滨。
逢圣明的朝廷开科选举，
寄居他乡遇上秋雨涔涔。
岂只受雨天阴霾的困苦，
也因权势压制而遭沉沦。
斑白的两鬓频添新白发，
黄金百镒全都花光用尽。
思念岘山泪水簌簌而下，
忧愁幽思犹如湘水般深。
谢朓郁积着怨愤和烦闷，
庄舄空把越国歌谣低吟。
跃马驰驱事不与我相关，
与鸥鸟戏游是我的本心。
寄语那掌权的达官显贵，
我去了，去那北面的山林！

下赣石[①]

这首诗写行船经赣石时所见胜景及游赏的情趣。前半部分先以“千嶂”勾勒出赣石的陡峭，继而通过“浩浩”“潺潺”的水声，具体描绘汹涌澎湃的激流和江水流经浅滩时的不同情景。写湍急如雷声轰鸣，状浅流如鸣琴抚奏，都使人如临其境。最后又以鱼龙、猿狖杂错其间，使险恶的环境更富神奇色彩。诗的后半部分，写自己心旷神怡的感受。“放溜”“登舻”二句，写站立船头，随目流观，悠然自得的情态。结篇想象日暮将归帆落星湾，有一日千里之势，水急船速和“放溜情弥远”之意俱已包含其中。

① 赣（gàn）石：在今江西赣江上游赣州至万安一段，中多险滩，怪石如铁骑，夹岸青峰如屏。《陈书·高祖纪》载：“南康赣石旧有二十四滩，滩多巨石，行旅者以为难。”

赣石三百里，　沿洄千嶂间[①]。
沸声常浩浩[②]，　洊势亦潺潺[③]。
跳沫鱼龙沸[④]，　垂藤猿狖攀[⑤]。
榜人苦奔峭[⑥]，　而我忘险艰。

放溜情弥远，　登舻目自闲。

暝帆何处泊？　遥指落星湾[7]。

---

① 沿洄：水流经过。顺流而下曰沿，逆流而上曰洄。嶂：山峰相连如屏障。　② 浩浩：水流湍急声，犹“哗哗”。　③ 洊（jiàn）势：漫衍的水势。这里指江水流过浅滩时的情状。潺潺（chán）：水流声。④ 鱼龙沸：水面沸腾好像鱼和龙在水中跳跃似的。　⑤ 狖（yòu）：猿的一种，俗称长尾猿。　⑥ 奔峭：陡峭。谢灵运《七里濑》诗：“孤客伤逝湍，徒旅苦奔峭。”　⑦ 落星湾：江西星子县附近的鄱阳湖中，相传有星坠落于此，周围百余步，高五丈，上生竹木，俗名落星石，因名其处为落星湾。

翻译

赣石滩长三百里，

奔流盘旋千嶂间。

波翻浪涌哗哗响，

河开水阔声潺潺。

水沫飞溅鱼龙腾跃，

藤萝倒挂猿狖攀援。

船工苦于崖岸的陡峭，

而我却忘了危险艰难。

顺流飘舟情怀更加旷远，

站立船头游观独自安闲。

天晚时船到哪里停泊？

举手遥指前方落星湾。

夜泊宣城界[①]

诗写旅途所见，次第极清晰，从西塞山到南陵县，然后是罗刹碍、敬亭山、梅根冶、杨叶洲。将宣城一带名胜及冶炼场各自的风光特点一一写出，反映了旅途的逸趣。末二句写“夜泊”，离家远游，以船为家，茫茫水面孤舟一叶，作伴的只有水上沙鸥，含蓄地表达了怀乡和旅中的寂寞感。

① 宣城：今属安徽，唐宣州，辖境相当于今安徽省长江以南，黄山、九华山以北地区及江苏溧水、溧阳等地。

西塞沿江岛[①]，南陵问驿楼[②]。
湖平津济阔，风止客帆收。
去去怀前浦，茫茫泛夕流。
石逢罗刹碍[③]，山泊敬亭幽[④]。
火炽梅根冶[⑤]，烟迷杨叶洲[⑥]。
离家复水宿，相伴赖沙鸥。

---

① 西塞：即西塞山，在湖北大冶东。 ② 南陵：南陵县，属安徽，唐

朝时属宣州。驿楼：这里指旅舍。 ③ 罗刹碍：洲名，一名罗刹矶，在安徽贵池西。《太平寰宇记》："贵池县有六孤石，生于江中，俗谓之罗刹洲。" ④ 敬亭：敬亭山，在安徽宣城北。山上有敬亭，相传是南朝齐谢朓做宣城太守时赋诗的地方。敬亭山高数百丈，千岩万壑，为宣城名胜。 ⑤ 梅根冶：镇名，在安徽贵池梅根港东，六朝以来都在这里炼铜铸钱币。 ⑥ 杨叶洲：洲名，在安徽贵池。《太平寰宇记》："杨叶洲，在贵池县西北二十里大江中，长五里，阔三里，状如杨叶。"

翻译

船到西塞山沿着岛屿航行，
进入南陵询问住宿的驿楼。
水面平静渡口江宽水阔，
风儿停止客舟帆卷席收。
朝前方的河口不停地行驶，
傍晚仍在茫茫江中飘流。
途经罗刹碍洲礁石险恶，
停船敬亭山寂静清幽。
火光熊熊照亮梅根冶，
烟雾濛濛看不见杨叶洲。
离家远行夜宿在水上，
相依为伴只有沙鸥。

行出竹东山望汉川[1]

去年秋天，作者西游巴蜀，由三峡入川，作有《入峡寄弟》诗。本诗写今春游历归来，途经竹东山时所见景物和即将抵家时的喜悦心情。竹东山当出峡入楚之处，崇山峻岭，绿竹茂林，千峰入云，万壑汇注，乡民语带巴音，风俗淳朴，对此，作者都作了细致的观赏，并采用白描手法，真实地描绘出来，宛如一幅朴实无华的风俗画。最后写舍马登舟，豁然开朗，精神为之一振，并想象顺流而下，两天后即可到家，兴奋喜悦之情洋溢于字里行间。

① 竹东山：未详。按今湖北西部与陕西毗邻处有竹溪、竹山等，环境与诗中所述相似，或即竹东山所在地。汉川：汉水，河流曰川。诗题一本无竹字，一作《行至汉川作》。

异县非吾土[1]，连山尽绿篁[2]。
平田出郭少[3]，盘坂入云长[4]。
万壑归于汉，千峰划彼苍[5]。
猿声乱楚峡，人语带巴乡。
石上攒椒树[6]，藤间缀蜜房。
雪余春未暖，岚解昼初阳。

征马疲登顿[7]，归帆爱渺茫。

坐欣沿溜下[8]，信宿见维桑[9]。

---

① “异县”句：化用王粲《登楼赋》“虽信美而非吾土兮”语意。土，故乡。 ② 篁（huáng）：竹林。 ③ 郭：外城。这里指代竹东山城。④ 坂（bǎn）：山坡路。 ⑤ 彼苍：《诗·秦风·黄鸟》有“彼苍者天”语，后因代指天。 ⑥ 攒（cuán）：聚集。椒树：花椒树，果实作香料，巴蜀人又用其叶煮茶。 ⑦ 登顿：登，升高；顿，停止。这里是偏义复词，取攀登义。 ⑧ 坐：于是，将要。沿溜：船只顺流而下。⑨ 信宿：两宿。维桑：《诗·小雅·小弁》：“维桑与梓，必恭敬止。”古人植桑树和梓树于住宅田园，以桑叶养蚕，用梓树作木料，因称故乡为桑梓或维桑。

翻译

异县他乡不是我的故土，

山山岭岭都是绿竹苍苍。

城外很少有平坦的田垅，

坡路盘曲延伸直到云上。

万条溪流汇注到汉水，

千座山峰划破了穹苍。

猿猴乱啼声回楚地峡谷，

乡民说话都是巴蜀音腔。
山石上丛聚着花椒，
藤萝间缀满了蜂房。
冰雪残存春季还不温暖，
山气消散白昼开始晴朗。
远行的马疲于登山越岭，
归乡的船喜爱江宽水广。
将要顺流直下顿觉喜悦，
两天之后便可见到故乡。

送王昌龄之岭南[①]

这首是王昌龄被贬岭南时的送别诗。诗从洞庭秋意写起，给人以萧瑟之感。接着用羊祜、贾谊作喻，赞叹王昌龄的政绩和才华，对王昌龄远谪未开化的岭南，深表同情与忧虑。最后写二人友情之深，现在要天各一方，悬想以后相思时只能以“望斗牛”来解，用无可奈何，写尽远别之苦。全诗语调低沉，表达了对友人的深厚情谊。

① 王昌龄：字少伯，京兆长安人，唐诗人。开元十五年进士，为校书郎、汜水尉，开元二十七年贬岭南。岭南：唐代十道之一，相当于现在的两广地区。

洞庭去远近，　枫叶早惊秋。
岘首羊公爱[①]，　长沙贾谊愁[②]。
土风无缟纻[③]，　乡味有查头[④]
已抱沉痾疾[⑤]，　更贻魑魅忧[⑥]。
数年同笔砚[⑦]，　兹夕异衾裯[⑧]。
意气今何在？　相思望斗牛[⑨]。

① 岘首、羊公：并见《初春汉中漾舟》注。 ② 长沙贾谊：见《晚春卧疾寄张八子容》注。这里是以贾谊比王昌龄。 ③ 缟纻（zhù）：白色生绢及细麻所制的衣服。 ④ 查头：即槎头，指槎头鳊鱼。 ⑤ 沉疴（kē）：重病。 ⑥ 魑魅（chī mèi）：迷信传说中指山神、鬼怪。 ⑦ 同笔砚：指在一起学习或共事。王昌龄作校书郎时，孟浩然入京后与王结交。 ⑧ 衾裯：见《晚春卧疾寄张八子容》注。 ⑨ 斗牛：指二十八宿中的斗宿和牛宿。斗宿，指南斗六星。牛宿，古代也有称牛宿为牵牛的。庾信《哀江南赋》："星犹看于斗牛。"

翻译

洞庭离此不远不近，

枫叶如丹先报寒秋。

岘山形胜赢得羊公厚爱，

长沙卑湿曾使贾谊忧愁。

岭南风俗衣无丝麻，

家乡特产鱼多查头。

我已患重病难以医治，

又增添怕你遭魑魅的担忧。

几年间同笔共砚住在一起，

今晚起却要各度长夜天一头。
情投意合的景况将何时再有？
解相思只有向南望斗牛。

五言律诗

游凤林寺西岭[1]

这首诗写诗人与年轻的伙伴们同游的逸兴。作者这次春游，正当良辰美景，所以心情极好。移情于景，于是满目青山，一片明丽。三联写与伙伴们饮酒酣歌，情谊款洽，逸兴遄飞，种种情状都想象可得。尾联写游兴未尽，流连不忍离去，直待明月相伴而归。写明月相照，下一“招”字，这种以浪漫主义手法表现游赏之乐，对后代诗人也有影响。

① 凤林寺：在襄阳城东南凤林山，下临汉水。

共喜年华好，　来游水石间[1]。
烟容开远树[2]，　春色满幽山。
壶酒朋情洽，　琴歌野兴闲。
莫愁归路暝，　招月伴人还。

---

① 水石：犹言山水。水，指汉水；石，指凤林山。凤林山下临汉水，上多山石。　② 烟容：即雾霭。容，指雾霭的姿态。

翻译

大家都为正当青春年华而高兴，
同来游览水环石积的西山。
雾霭散去露出远处的树木，
春色布满了幽幽的青山。
倾壶畅饮朋友的情谊款洽，
弹琴而歌野外的兴致悠然。
莫愁回去的路上天色已暗，
到时招来明月伴人归还。

与诸子登岘山[①]

这首诗写与友人登临岘山,凭吊羊祜遗迹所引起的人生感慨。首二句讲人事代谢,感叹兴亡盛衰,突破先写景后议论的常格,起调也很高古。二联以下才写到“登岘山”及所见胜景。“水落”“天寒”写景空旷萧疏,极切合时令特点;同时以景烘托出作者心绪的悲凉。结联暗用羊祜“堕泪碑”的典故,伤怀身世。羊祜镇襄阳有政绩,所以死后人们在岘山上为他立碑。作者联想到自己功名无成,所以不禁泪湿衣襟。开篇从感落墨,至此以伤作结,全诗浑然天成。首二句议论富有普遍的人生哲理,是古今传诵的名句。

① 诸子:众友人。子,古代对男子的敬称。

人事有代谢[①],往来成古今。
江山留胜迹[②],我辈复登临。
水落鱼梁浅[③],天寒梦泽深[④]。
羊公碑尚在[⑤],读罢泪沾襟。

① 人事：世事，指人的社会政治活动、事业等。代谢：新旧交替、兴衰变化。 ② 胜迹：著名的古迹，指羊祜登临所在及碑。 ③ 鱼梁：又作“渔梁”，详见《夜归鹿门歌》注。 ④ 梦泽：即云梦泽，见《登望楚山最高顶》注。 ⑤ 羊公碑：见《初春汉中漾舟》注。

翻译

人事总是盛衰相更替，
故去新来便成为古今。
江山留下了名胜古迹，
今天我们来凭吊登临。
汉江水落鱼梁洲已浅露，
天寒远望云梦泽还很深。
羊公的碑竟依然还存在，
读后不觉泪水沾湿衣襟。

都下送辛大之鄂[1]

这首诗写送辛谔返归故乡，抒发有志不得伸展的感慨。辛谔曾隐居襄阳附近的西山，与作者为林泉契友。他怀着用世之心赴京求取功名，只因无人援引，不得不失意而归。这一遭遇也与作者相同，所以当辛谔重返昔日隐居的林泉时，作者感慨尤深，作诗相赠，直抒胸臆，感情真率，非深交老友不能道出。诗中用典虽多，但切人切事。如以伊尹作有莘氏媵臣佐商汤，比喻辛居士赴京求仕；以汉阴弃机的隐者，自比隐居汉阴，都非常贴切。

① 都下：犹“都中”。都，京城；下，表处所的助词。辛大：即辛谔，见《送辛大至鄂渚不及》题注。鄂：鄂州，隋开皇九年(589)改郢州置，故治在今湖北武昌。

南国辛居士[1]，言归旧竹林[2]。
未逢调鼎用[3]，徒有济川心[4]。
余亦忘机者[5]，田园在汉阴。
因君故乡去，遥寄式微吟[6]。

① 南国：古代称江汉地区的诸侯国为南国，辛谔是襄阳人，故称。居士：未做官的读书人。 ② 言：动词词头，无义。竹林：三国魏嵇康、阮籍等七人为竹林之游，称竹林七贤，后因借指隐居之地。 ③ 调鼎：即调和鼎鼐，古代称辅佐帝王治理国家为调鼎。 ④ 济川：《尚书·说命上》"若济巨川，用汝作舟楫"的缩语，指辅佐帝王。 ⑤ 忘机：《庄子·天地》说，孔子的学生子贡周游楚国晋国，过汉水之阴，见一隐者凿井种菜，以瓦罐汲水浇地，用力甚多而功效甚少。子贡问他为何不用机械，老人说："有机械者必有机事，有机事者必有机心。"后因谓隐居为忘机或弃机。 ⑥ 式微：《诗·邶风》有《式微》篇，《诗序》说是黎侯为狄人所逐，寄居卫国，臣子作诗劝他归国，其中有"式微式微，胡不归"等句。这里取其归故乡之意。

翻译

江汉地区的辛谔居士，
返归昔日隐居的竹林。
没能得到治理国家的重用，
空怀着辅佐君王的用世心。
我也是个忘怀世情的游子，
田园就在汉水之滨。
趁着你将返归故乡，
遥寄去我的式微吟。

洛下送奚三还扬州①

由诗题可以看出，奚三也是个羁居洛阳的游子。当他要回扬州的时候，作者写这首诗相送。开篇先从奚三着笔，称道其家乡地理形势之美；接着写他此去旦夕可到扬州，得见亲人。“余亦”“南归”二句转写自己与奚三一样长期飘零在外，不能归家，处境有如奚三又不如奚三。结联设问，奚三如来信询问自己将归何处，则一叶扁舟浮于江湖之上，既表明了归隐之志，又见出后会有期，深加慰藉的情谊。

① 洛下：犹“洛中”。洛，洛阳，唐朝的陪都；下，表处所的助词。奚三：姓奚，排行三，事迹未详。

水国无边际①，舟行共使风②。
羡君从此去，　朝夕见乡中。
余亦离家久，　南归恨不同。
音书若有问，　江上会相逢。

---

① 水国：江河湖泊纵横的地区，指江东。　② 共：与，并。使风：借助风力行船。

翻译

江南水乡浩渺无边际，

以舟代步有好风助航。

羡慕先生从此归去，

早晚之间就可到家乡。

我也离家已经很久，

遗憾的是不能同回南方。

如果有来信相问，

相逢当在江湖之上。

自洛之越[1]

这首诗抒发怀才不遇，决心脱略功名，退隐江湖，寄情山水的愤慨。全诗所表现的感情与《秦中苦雨思归赠袁左丞贺侍郎》略同，但语气稍趋平和。开篇点出怀才不遇，为后文张本。二、三联写离开洛阳去吴越寻山访水，暗寓“亦为权势沉”之意。厌弃洛京，长揖公卿又表现出不肯摧眉折腰事权贵的精神。最后以寄情于酒作结，也有陶渊明意不在酒、寄酒为迹的意思。

① 洛：今河南洛阳。之：往。越：今浙江地区，春秋时越国地。

遑遑三十载，　书剑两无成。
山水寻吴越[1]，　风尘厌洛京[2]。
扁舟泛湖海[3]，　长揖谢公卿[4]。
且乐杯中物[5]，　谁论世上名[6]！

---

① 吴越：今江苏、浙江地区，为古代吴国和越国所在地。　② 风尘：比喻世俗的纷扰。洛京：又称京洛，指洛阳，是唐朝的陪都。　③ 扁(piān)舟：小舟。　④ 长揖(yī)：古人相见拱手为礼称揖，作揖时手自上至极下称长揖。古人见尊长应行跪拜礼，“长揖谢公卿”是委婉

表示不屈尊于权贵。谢：辞别。⑤ 杯中物：指酒。陶渊明《责子诗》："天运苟如此，且进杯中物。"⑥ 谁：何，哪。这里用法与指人的"谁"不同。

翻译

栖栖遑遑三十年，
文名武功两无成。
去吴越寻山览水，
厌洛京满眼风尘。
乘一叶小舟游湖海，
作个长揖告别公卿。
姑且享受杯中美酒，
何用计较世上功名！

广陵别薛八[1]

薛八，未详何人。诗人在《云门寺西六七里闻符公兰若最幽与薛八同往》一诗中，有："谓予独游方，逢子亦在野。结交指松柏，问法寻兰若。"知薛八为诗人新结交的朋友，亦不得志。全诗基调低沉。"栖栖"一词，表达了流落江湖的艰辛；"何处"，流露出对后会难期的忧伤。诗题一作《送友东归》。

① 广陵：今江苏省扬州市，故城在今扬州市东北的江都。

士有不得志，栖栖吴楚间[1]。
广陵相遇罢，彭蠡泛舟还。
樯出江中树，波连海上山[2]。
风帆明日远，何处更追攀？

① 吴：今江苏省，此指广陵一带。楚：今湖北、湖南一带。 ② 海：唐人有时把长江称作"海"。

翻译

读书人抱负不得施展，

栖栖遑遑奔波于吴楚之间。

在广陵我们相逢作别之后，

我将乘舟经彭蠡回故乡岘山。

江边树丛中露出高高的桅杆，

波涛涌起连着江上的山峦。

帆船趁风明天即将远去，

何处相逢与你再作攀谈？

夜泊牛渚趁薛八船不及[①]

从《广陵别薛八》已知薛八要东去，诗人将“彭蠡泛舟还”。此诗当写于二人船只在牛渚即将分道行驶时。诗写牛渚夜泊，因烟波阻隔，追赶薛八船不及时的心情。“榜歌空里失，船火望中疑”，写诗人在夜晚茫茫江面寻找友人船只的情景，描写细腻真实。结尾想象明朝天各一方，后会难期，更突出追寻不到友人的愁怅，表达了对朋友的深挚感情。

① 牛渚(zhǔ)：山名，在今安徽当涂西北长江边，其山脚突入江中部分叫采石矶。

星罗牛渚夕[①]，风退鹢舟迟[②]。
浦溆尝同宿[③]，烟波忽间之。
榜歌空里失， 船火望中疑。
明发泛湖海， 茫茫何处期？

---

① 星罗：指群星灿烂。语出扬雄《羽猎赋》“涣若天星之罗”。
② 鹢(yì)舟：在船头画鹢鸟头的船。 ③ 浦溆(xù)：水边。

翻译

牛渚山夜空群星闪烁，

江风退去船儿慢慢地行。

江岸边曾经同宿一处，

烟波又忽然间隔了行程。

舟子的歌声消失在夜空里，

船火儿也忽隐忽现分辨不清。

明晨将各自泛游五湖四海，

水天茫茫会在哪里重逢？

与颜钱塘登樟楼望潮作[1]

诗写与友人钱塘令颜某一起观潮的情景。开篇先写在百里之外就听到潮声如雷，使人未见潮形，先闻其声，于是有“辍弹”观潮之举。接着写在樟楼上见潮来之前，秋阳普照，天高云远，渤澥宽广。然后用一句“惊涛来似雪”，正面写怒潮汹涌而至的气势，正因突然“似雪”卷来，所以有“懔生寒”之感，以观潮人心理反衬钱塘江潮的气势。整个场面宏阔、壮观，表达了诗人豪放的胸襟和激扬的情趣。

① 颜钱塘：姓颜的钱塘县令，名未详。古人惯以地名称该地行政长官。钱塘：旧县名，旧治在今浙江杭州。樟楼：一作“樟亭”，在钱塘县旧治南五里，今杭州城外。

百里闻雷震[1]，鸣弦暂辍弹[2]。
府中连骑出，江上待潮观。
照日秋云迥，浮天渤澥宽[3]。
惊涛来似雪，一坐凛生寒[4]。

①“百里”句：言潮涌时声似雷鸣而闻百里，又暗切县令身份（古称县令治百里）。 ②“鸣弦”句：指停止处理政事。典故出自《吕氏春秋·察贤》。说春秋时代有个叫宓子贱的人，治理单父的时候，就靠弹鸣琴，身不下公堂就把单父这个地方治理得很好。后人多用此典故称颂地方官善理政事。 ③ 渤澥（xiè）：渤海，这里指东海。 ④ 坐：通“座”。

翻译

听闻百里外雷声震天动地，
县衙公堂上政事暂时停办。
骑上马从府中联翩而出，
到江边等待潮来的壮观。
艳阳辉照秋云格外高远，
天浮水面东海更显宽。
惊涛奔腾似大雪铺天盖地，
满座人顿觉胆战身寒。

舟中晚望

在乘舟去“天台访石桥”的途中，遥望东南，见青山夹岸，江水茫茫，江面千帆竞发，百舸迎风争潮。凝望中看到霞色，好像看到了红色的赤城山，表明自己对天台的向往。以清新轻快的诗句，写舟中晚望所见所想，反映诗人隐迹名山的志趣。

挂席东南望，　青山水国遥。
舳舻争利涉[①]，　来往任风潮。
问我今何适？　天台访石桥[②]。
坐看霞色晚，　疑是赤城标[③]。

---

① 舳(zhú)舻：船只。舳，船尾，舵。舻，船头。利涉：见《夜渡湘水》注。　② 天台：天台山，详见《宿天台桐柏观》题注。石桥：在天台山北面，为天台山一胜景。顾恺之《启蒙记》记载天台山石桥，路宽不满一尺，长几十步，路面极滑，下临绝涧。　③ 赤城：赤城山。详见《宿天台桐柏观》注。赤城标：色赤如霞是赤城山的标志。孙绰《游天台山赋》：“赤城霞起而建标。”这句用其意。

翻译

扬起风帆向东南眺望，

青山夹岸水乡一片浩渺。

乘着水势百舸你追我赶，

来来往往任凭风势和江潮。

若问我现在要到哪里去？

要去天台山寻访石桥。

贪看红霞忘记天色晚，

心疑那就是赤城的山标。

宿桐庐江寄广陵旧游[①]

这首诗写夜泊桐江的孤寂和对友人的思念。作者先通过对山、猿、江、风、月、舟等景物的勾勒，表现仕途失意、漂泊异地的孤寂惆怅，写情写景如绘。最后由眼前的情景引起对扬州旧游的思念，写泪水双流，借急急奔流的江水寄托愁思。情深语挚，诗人对友人的深厚情谊和自己的无限愁情都蕴含其中。全诗情景如绘，笔墨清淡，感情深沉。“风鸣”“月照”一联尤其如出水芙蓉，脱尽铅华，全不见经意痕迹，是孟诗本色。

① 桐庐江：即桐江，今浙江中游建德梅城镇至桐庐的一段。旧游：旧日交游的朋友。

山暝听猿愁，　沧江急夜流[①]。
风鸣两岸叶，　月照一孤舟。
建德非吾土[②]，　维扬忆旧游[③]。
还将两行泪，　遥寄海西头[④]。

---

① 沧：水的深绿色。江：指桐庐江。　② 建德：故治在今浙江建德梅城镇，新安江与兰江在其东南汇合，称桐庐江或桐江。　③ 维扬：

扬州。《尚书·禹贡》有“淮海惟扬州”语，后因称扬州为维扬。

④ 海西头：指扬州。典出隋炀帝《泛龙舟》诗：“借问扬州在何处？淮南江北海西头。”

翻译

山色暝暝听猿啼声声忧愁，
苍苍江水在静夜急急奔流。
江风吹响两岸的树叶，
月亮照耀着一叶孤舟。
建德不是我的故乡，
一心思念扬州的老友。
还是把我这两行泪水，
远远寄往那“海西头”。

宿永嘉江寄山阴崔少府国辅[1]

崔国辅开元二十三年中特科，授许昌令。此诗当写在开元二十三年崔入京时，当时诗人正漫游吴越。诗的前四句即写此事，后四句写旅途情趣及对永嘉的向往。与友人背道而行，“相去日千里，孤帆天一涯”，本应写远离之苦，但诗人接着却以轻松的语气写自己漫游时的情趣和穷尽水乡、寻访名山的雅兴，这是以旷达来自慰。

① 永嘉江：即瓯江，在浙江省东南境。有南北二源，至丽水合，经青田、永嘉，东入于海。崔国辅：唐吴郡（今江苏苏州附近）人，一说为山阴（今浙江绍兴）人。开元十四年进士，曾官山阴尉，后入京中特科，官至集贤直学士、礼部郎中。少府：县尉的别称。

我行穷水国[1]，君使入京华。
相去日千里，　孤帆天一涯。
卧闻海潮至，　起视江月斜。
借问同舟客，　何时到永嘉[2]？

---

① 穷水国：水乡的尽头。　② 永嘉：今浙江温州。

翻译

我漫游要到水乡的尽头，

您奉命前往繁盛的京华。

相离越来越远一日千里，

孤舟独驶各在海角天涯。

卧在舟中静听海潮澎湃而来，

站立船头看残月渐渐西斜。

请问同行的船上旅客，

什么时候才能够到达永嘉！

江上寄山阴崔少府国辅[1]

春堤杨柳青青，使诗人回忆起与老朋友的约会。但自己漫游江上，距山阴尚远，不能像兰亭会那样在三月三日相聚，只好独自临水“空吟祓禊诗”，以慰相思之情。诗用草木无意，枯荣却有定时，而有情意的人却不能如约，两相对比，表达了对友人的深切思念。

① 参见《宿永嘉江寄山阴崔少府国辅》题注。

春堤杨柳发，　忆与故人期。
草木本无意，　枯荣自有时[1]。
山阴定远近[2]，　江上日相思。
不及兰亭会[3]，　空吟祓禊诗[4]。

① 枯荣：指草木的繁茂和枯衰。 ② 定：究竟。 ③ 兰亭会：东晋王羲之与谢安等人在会稽山阴的兰亭集会作诗，过修禊日。兰亭：绍兴市西南有个地方叫兰渚，渚上有亭称兰亭。 ④ 祓禊（fú xì）：古代风俗，每年三月上旬的巳日到水滨洗濯，洗去宿垢，以消除不祥，称祓禊。自三国魏以后，固定在三月三日。

翻译

春来大地堤岸上杨柳青青，

勾想起与老友相约的日期。

花草树木原本无情无意，

冬枯春荣自有定时。

此去山阴到底还有多远，

泛舟江上日夜把你相思。

赶不上那里的兰亭聚会，

空在此独吟祛邪诗。

大禹寺义公禅房[1]

诗约写于诗人漫游吴越之际。由义公禅堂环境写到“不染心”的义公品格。“空林”为邻，孤峰秀起，众壑幽深，再加上雨霁晚晴，庭院青翠，出污泥而不染的青莲，这里没有一点尘世的喧嚣和肮脏，真是一个境无纤尘的佛门净地。诗由赞美禅房清幽到赞义公禅心不染，曲折地表达了诗人禅寂的情趣和对世俗社会的厌倦。

① 大禹寺：在今浙江绍兴东南会稽山上。义公：大禹寺和尚，姓名未详。

义公习禅寂[1]，结宇依空林[2]。
户外一峰秀，　阶前众壑深。
夕阳连雨足[3]，空翠落庭阴[4]。
看取莲花净[5]，方知不染心。

---

① 禅寂：即梵文禅那的音义合译，亦简称禅。为佛教基本修证之法，即寂静思虑的意思。　② 宇：屋檐，代指房屋，这里指禅房。　③ 雨足：雨脚，指像线一样一串串密密连接着的雨点。　④ 空翠：明净青翠的山林颜色。庭阴：庭院的背阴处。　⑤ 莲花：佛教以为

莲花最洁。《涅槃经》二十四“如水生花中青莲花为最”。

翻译

上人义公参禅习静，
禅房依傍空寂的山林。
房门外孤峰高高挺立，
台阶前山谷纵横幽深。
雨点刚停斜阳就来相照，
空空庭院一片清阴。
看莲花出污泥而洁净，
才知一尘不染的佛心。

永嘉上浦馆逢张子容[1]

异乡逢故人，本是高兴的事情。但当时张子容正贬乐城县尉，作者这次游吴越前也屡试不第，彼此仕途失意，沦落天涯，所以只有无限的感慨和忧伤。开篇二句交代相逢的时（日暮）、地（江村旅舍），已暗示出这次相逢心绪的凄凉。中四句写同游孤屿，僻陋的环境，纵然对酒题诗，也乏兴味。结联写遥望家乡在迢迢万里之外，迷不知处，抒发仕途失意的感慨，悲伤的情怀到此一笔点出。全诗由景着笔，以写情作结，景中含情，浑然无间。

① 上浦馆：在今温州东七十里瓯江入海处。张子容：见《晚春卧病寄张八子容》注。

逆旅相逢处，　江村日暮时。
众山遥对酒，　孤屿共题诗[1]。
廨宇邻鲛室[2]，人烟接岛夷[3]。
乡关万余里，　失路一相悲[4]！

① 孤屿(yǔ):孤岛。这里指永嘉北面江中的孤屿山。 ② 廨(xiè)宇:官署。鲛(jiāo)室:鲛人的居室。鲛人是神话传说中水底的怪人。《述异记》说,南海中有鲛人室,鲛人水居如鱼,其眼能泣,泣则成珠。这句说永嘉临水。 ③ 人烟:指邑中住户。岛夷:古代对东方少数民族的蔑称。这里指岛上的土著人。 ④ 失路:迷路。这里一语双关,明写家乡迷不得路,暗写仕途失意。

翻译

相逢在旅舍之中,
又当江村黄昏之时。
远对着群山举杯对饮,
孤屿上一起题写新诗。
官署靠近鲛人的居室,
村庄连着岛民的住地。
故乡远在万里之外,
一同都为仕途失意伤悲。

除夜乐城逢张少府作[①]

这首诗写异乡逢故人引起的身世之感。张子容是孟浩然的同乡，早年隐居襄阳白鹤山，与孟过从甚密；后入京应试，中先天二年(713)进士第。临行前，孟作《送张子容赴举》诗相赠，在政治上对张有所期望。此后二人音讯中断。没想到十余年后，孟浩然来游吴越，竟意外地在乐城与张相遇。久别重逢，却在这海天苍茫之地，又恰在除岁之夜。这时，一个依然是飘然一身的布衣，一个是被贬的县尉，彼此都是失意之人，所以作者不禁发出“余是乘桴客，君为失路人”的强烈感叹。首联“云海”“风潮”的写景，同时象征宦海浮沉，多浪多险。结联更饱含着对岁月蹉跎，志不获骋的感伤。

① 张少府：张子容，时为乐城县县尉。

云海泛瓯闽[①]，风潮泊岛滨[②]。

何知岁除夜，得见故乡亲。

余是乘桴客[③]，君为失路人[④]。

平生复能几，一别十余春！

① 云海：苍茫辽阔的海天。瓯闽：泛指今浙江、福建沿海一带。瓯，瓯江，在浙江。闽，闽江，在福建。 ② 岛滨：乐城东临大海，故称。 ③ 乘桴(fú)：乘小木筏，指避世。《论语·公冶长》中，孔子说过"道不行，乘桴浮于海"的话。 ④ 失路：指仕途不得志。

翻译

泛舟海天苍茫的瓯闽，
风涛搏击停船海岛滨。
哪知在这除夕的夜晚，
竟能遇见老友的乡亲。
我是木筏上的飘游客，
你是官场中的失意人。
人生还能有多少岁月，
一别就是十多个秋春！

永嘉别张子容

除岁一过，孟浩然将西归襄阳，张子容也将北上赴京。才刚相逢今又相别，张子容自乐城送之永嘉西亭，孟浩然作此诗留别。开篇先叙离愁和留恋之情。次写自己心中日夜萌发的归乡情思，有如汀洲春草滋生，极言乡情之切。最后结以相期重倾壶觞，由开篇的别归终于逢，并再次见出留恋深意，全诗感情的重心在此一联。孟与张是同乡老友，又有通家之好，相知极深，所以本诗感情表现得格外真挚自然。

旧国余归楚[1]，新年子北征。
挂帆愁海路，　分手恋朋情。
日夜故园意，　汀洲春草生[2]。
何时一杯酒，　重与李膺倾[3]？

---

① 旧国：故乡。楚：指家乡襄阳，古属楚国。　② 汀(tīng)：水中小洲。　③ 李膺(yīng)：字元礼，汉代颍川襄城(今属河南)人。桓帝时，与太学生首领郭泰等结交，反对宦官专权，太学生称之为“天下楷模”，得其接见者被称为“登龙门”。这里借以比喻张子容。

倾：干杯。

翻译

返故乡我归楚地，
新年里你向北行。
挂起风帆忧愁海上路，
分手相别依恋朋友情。
日日夜夜的故乡情思，
恰如这汀洲春草滋生。
何时再相逢把酒斟满，
重与你开怀畅饮？

溯江至武昌

本诗写作者从长江下游乘船归乡，行至武昌时的心情及所见风景。前两联写急欲抵家，“催”字、“速”字、“苦”字都下得极当，其中包含了三层意思：家在洞庭之上的襄阳，自武昌至襄阳途程尚远，因此不能不急；“岁时”指新的一年，季节催人归思；江路迂曲，溯流而上，心欲速却苦于江路迂回，主观与客观相违背。后两联转入写景，过渡自然。但景物还不多，所以只写东风解冻，春气初萌，合于正月时令。结联承上写自己悬想到武昌时定当是杨柳已绿，掩映楼台，以想象未来作结，时空兼备，诗意不衰颓，给读者留下无限的想象空间，这也正是孟浩然诗的一大特色。

家本洞湖上①，岁时归思催②。
客心徒欲速，　江路苦邅回③。
残冻因风解，　新正度腊开④。
行看武昌柳⑤，仿佛映楼台。

---

① 洞湖：即洞庭湖。上：古人以北为上。作者家在襄阳，地处洞庭湖

正北。 ② 岁时：岁，年；时，春夏秋冬四季。岁时在这里指立春节气。 ③ 邅（zhān）回：迂回，指上行曲折难行。 ④ 新正：新年正月。这里指立春已过，开春了。腊：腊日。 ⑤ 行：且，将。

翻译

我家本在洞庭湖的北头，
时令催促我快把家归。
客子的心情徒然急切，
无奈上行的江路曲折迂回。
残冰随东风的吹拂融解，
新春紧随腊日就要到来。
即将看到武昌的柳树，
新绿仿佛掩映了楼台。

田家元日[1]

这首诗虽然含有年已四十还不能出仕的慨叹，主要还是写与农夫牧童为伍，元日共话丰年的隐居生活情趣。全诗朴素自然，有平淡之趣。

① 元日：农历正月初一。

昨夜斗回北[1]，今朝岁起东[2]。

我年已强仕[3]，无禄尚忧农[4]。

桑野就耕父[5]，荷锄随牧童[6]。

田家占气候[7]，共说此年丰。

---

① 斗：北斗星，见《岁暮海上作》注。 ② 岁起：一年开始。岁，岁星，详见《岁暮海上作》注。 ③ 强仕：指四十岁。《礼记·曲礼上》："四十曰强而仕。" ④ 禄：官俸。这里指做官。 ⑤ 桑野：田野。古代田中种桑，称桑田。耕父（fǔ）：农夫，父是古代对男子的美称。 ⑥ 荷（hè）：扛。 ⑦ 占气候：观察天象以预测天气的好坏。

翻译

昨夜北斗斗柄还在北，
今晨岁星已高挂在东。
我的年纪已经到了四十，
没有俸禄仍为农事忧心忡忡。
去田野和农夫一起耕作，
肩扛锄头跟随着牧童。
田家观察天象预测气候，
一齐说今年将五谷丰登。

赴京途中遇雪

这首诗写入长安应进士试途中遭遇漫天大雪的情景和惆怅心情。时值岁暮，连阴竟月，云天苍茫，遍地皑皑积雪，以致飞来的大雁找不见栖宿之处，鸟雀饿得在荒野中喳喳乱叫。置身于此，诗人不由得联想自己年已四十仍无功名，此去京城又不知机遇如何。前途茫茫难测，所以内心的空虚迷惘正如这眼前杳无人烟的荒漠。全诗即景即情，意境萧索阔大。

迢递秦京道[①]**，苍茫岁暮天。**

穷阴连晦朔[②]**，积雪满山川。**

落雁迷沙渚，　饥鸟集野田。

客愁空伫立，　不见有人烟。

---

① 迢递（tiáo dì）：遥远貌。秦京：指长安。长安在古秦地，是唐朝的京都。　② 穷阴：连阴竟月。穷：终，尽。晦：阴历每月最后一天。朔：阴历每月初一。

翻译

千里迢迢通往京城的路，
旷远迷茫年终时节的天。
沉沉阴天连日竟月，
皑皑积雪弥漫山川。
落宿的大雁迷失了沙洲，
饥饿的鸟雀群噪荒田。
远游人惆怅四顾，
见不到行人和炊烟。

秦中感秋寄远上人①

这是在长安失意后，因秋感怀寄给远上人的诗，反映了当时困苦的境地和对仕途的失望，表达了对隐逸生活的向往。诗首联就诉说自己隐居的愿望和无力隐居的苦衷。第二联写自己北上求仕是违背心愿的，故称“东林怀我师”，羡慕跳出尘世的远上人。第三联写困居长安的境况，不仅黄金耗尽，而且目睹官场情况，使人失望，连雄心壮志也逐年衰减。结联写“感秋”，黄昏、秋风、鸣蝉，一派萧瑟景象，突出了客中的抑郁心情。

① 远上人：上人是对和尚的尊称，远是法号。事迹未详。

一丘常欲卧①，三径苦无资②。
北土非吾愿，　东林怀我师③。
黄金燃桂尽④，壮志逐年衰。
日夕凉风至，　闻蝉但益悲⑤。

---

① 一丘：即一丘一壑，指隐居的地方。《太平御览》七九《苻子》：“黄帝……谓容成子曰：‘吾将钓于一壑，栖于一丘。’” ② 三径：见《田园作》注。 ③ 东林：庐山东林寺，晋高僧慧远居住的禅林，这里借

指远上人所在的寺院。 ④ 燃桂：烧贵如桂枝的柴。《战国策·楚策三》：“楚国之食贵于玉，薪贵于桂。”这句说在长安费用大，盘缠很快花光了。 ⑤ 闻蝉：听蝉鸣能引起人悲秋之感。卢思道《听鸣蝉篇》有“听鸣蝉，此听悲无极”。

翻译

常想寻一块山林隐居，
却苦于没有隐居之资。
来北方求仕进不是我的本愿，
总怀念您这位慧远法师。
黄金在奢华的京城已经用尽，
功名难求壮志一年年衰退。
傍晚时秋风阵阵吹来，
耳听着蝉鸣心更伤悲。

岁暮归南山[1]

《旧唐书·文苑传》说，孟浩然“年四十，来游京师，应进士不第，还襄阳”。这首诗写怀才不遇的愤慨，大约作于其时。首联直抒胸臆，如骨鲠在喉，不得不吐。但二联写“休上书”“归敝庐”的原因，是明主不赏识，故人不援引，却正话反说。后半部分写年老岁暮，功名不就的忧愁。白发、青阳本是无情之物，作者特下“催”“逼”二字，于是那种汲汲于仕进而又事与愿违，无可奈何的愁情跃然纸上。最后写由“永怀”而忧愁不寐，因而见明月松影映照寒窗，一片空虚之景，状无限凄凉之情，意境双绝，余味悠长。

① 岁暮：年终。南山：见《题长安主人壁》注。

北阙休上书[1]，南山归敝庐。
不才明主弃，　多病故人疏。
白发催年老，　青阳逼岁除[2]。
永怀愁不寐，　松月夜窗虚。

① 北阙：古代宫殿门前的两个望楼叫阙，北阙即皇宫北面的门楼，汉代尚书奏事和群臣谒见都在北阙，后用作朝廷的别称。休：停止。上书：向皇帝写信陈述政见，请求任用。 ② 青阳：春天。岁除：年终。

翻译

从此再也不向朝廷上书，
还是回到家乡简陋的茅屋。
无才自然要被明主抛弃，
多病难免故交日益稀疏。
白发催促人一天天衰老，
新春又逼迫着旧岁逝去。
长久的忧思愁得不能入睡，
月照松影上寒窗一片空虚。

留别王维

此是诗人游京师，应进士试，失意后所作。当时他的好友王维正在京师任秘书省校书郎。诗题一作《留别王侍御维》，“侍御”二字，当是后人所加。诗先述说自己在京无什么希望，天天在寂寞失望中度日，想离京，又可惜要与好友分别，表达了心情的怅惘和矛盾。接着用“当路谁相假，知音世所稀”慨叹无人援引，只好甘守寂寞，回乡隐居。诗写得语调低沉，反映出诗人落第后的失意境况和不得已而想归隐的心情。

寂寂竟何待？　朝朝空自归。
欲寻芳草去[1]，　惜与故人违。
当路谁相假，　知音世所稀。
只应守索寞，　还掩故园扉。

---

① “欲寻”句：意思是想归隐。由屈原《离骚》“何所独无芳草兮，尔何怀乎故宇”变化来。芳草：香草，常用来比喻有美德的人。

翻译

终日寂寞究竟期待什么?
天天奔走总是失望而归。
想追寻隐居高人的踪迹,
只不忍与老友从此别离。
在朝的当权者谁肯援引,
人世间少有真正的知己。
只应当甘心于寂寥冷落,
回乡把自家的柴门紧闭。

京还赠张维[①]

诗开篇便表明自己离京是要与仕途诀别，回乡隐居，继而申述归隐的理由。“欲徇”二句，是求仕不得的牢骚和不平，也是对当朝权贵们的抗议和蔑视。尽管孟浩然和陶渊明、嵇康不同，想入仕而无门，但不屈于权贵的精神是一致的，故此诗受嵇康《与山巨源绝交书》的影响极明显，反映出诗人对官场的厌烦和对仕途的失望。

① 张维：未详何人。

拂衣何处去[①]？ 高枕南山南[②]。

欲徇五斗禄[③]， 其如七不堪[④]？

早朝非晚起， 束带异抽簪[⑤]。

因向智者说， 游鱼思旧潭[⑥]。

---

① 拂衣：抖一下衣服，表示决绝。《后汉书·杨震传》：“（孔融曰）……明日便当拂衣而去，不复朝矣。”后也称隐居为拂衣。 ② 南山南：泛指隐居的地方。 ③ 五斗禄：指低级官吏的微薄官俸。《晋书·陶潜传》：“吾不能为五斗米折腰。” ④ 七不堪：嵇康在《与山巨源绝交书》中，申述不能入仕的原因有“必不堪者七”，即不

堪受礼法约束有七个方面。 ⑤ 抽簪：指抽簪散发隐居。古时做官的人，须束发贯簪，故称归隐为散发或抽簪。 ⑥“游鱼”句：用陶渊明《归园田居》“池鱼思旧渊”语意，表示思念故园的隐居生活。

翻译

抖衣而别要去何处？
将高枕而卧在南山之南。
本想屈从于五斗米的俸禄，
却如何忍受那七个不堪？
早晨朝见便不能晚起，
束腰的衣带不同于散发披肩。
因此向明智的人表明心曲：
池中游鱼思念着旧日的深潭。

京还留别新丰诸友[1]

诗写于失意后离开长安赴洛阳途中。在《留别王维》一诗中，诗人对自己的不遇，还慨叹“当路谁相假，知音世所稀”，而在这首中，却把不遇归于自己的“道”，但一“昧”字道出了无限愤慨和不平。新丰诸友开馆留客，设宴饯别。面对友人的厚情款待，环顾新丰周围，温泉四周的绿树，蒙着黄尘的夕阳，联想来京求仕，一事无成，便下定不再求仕进，而去遨游名山的决心。反映了诗人怀才不遇的苦闷和不得已而归隐的复杂心情。

① 诗题一作《东京留别诸公》。新丰：古县名。治所在今陕西临潼东北，古代是产美酒的地方。

吾道昧所适[1]，驱车还向东。
主人开旧馆，　留客醉新丰。
树绕温泉绿[2]，尘遮晚日红。
拂衣从此去，　高步蹑华嵩[3]。

---

① 道：道路，此喻指读书人的立身行事之道。昧所适：不明白向何处走，此指仕途不通。　② 温泉：在今陕西临潼东南骊山下。后周时

已在此营造石井，唐贞观年间置汤泉宫，咸亨年间始名温泉宫。

③ 华嵩（sōng）：华，西岳华山。嵩，中岳嵩山。这里以华嵩泛指名山。

翻译

我对前途已迷失方向，
离开长安驱车还向东行。
主人在昔日的馆舍排开酒席，
留我做客醉饮新丰。
树木环绕温泉周围一片碧绿，
尘土扬起遮挡住夕阳晚红。
振振衣裳从此离开这里，
昂首阔步去把华山嵩山登临。

初出关旅亭夜坐怀王大校书[1]

这首诗写初出潼关，夜宿客舍的孤寂和对友人的思念之情，表现仕途失意的愁怀。暮烟袅袅，旅舍昏暗，开篇一联以写景起兴，引出悲凉寂寞情思。二、三联写寒夜独坐无朋，眼前烛光荧荧，窗外雨滴枯荷，凄凉、孤寂、无聊，更加难堪，而这种处境又是诗人怀才不遇被迫离开长安的直接结果。于是他很自然地想到在长安的朋友，特别是久居闲官散职的校书郎王昌龄，才高命蹇，寂寞失意也和自己差不多。同病相怜，所以感慨系之。本诗融情入景，境与意会，"烛至""荷枯"一联尤其清淡自然。

① 关：潼关，在今陕西潼关北，为古代著名关口。旅亭：旅舍。王大校书：王昌龄，排行一，时为秘书省校书郎。

向夕槐烟起[1]，葱茏池馆曛[2]。
客中无偶坐，关外惜离群。
烛至萤光灭，荷枯雨滴闻。
永怀蓬阁友[3]，寂寞滞扬云[4]。

① 槐烟:指炊烟。古人喜于庭院中种槐,取归家之意("槐"与"归"古音近)。槐烟即从槐树中升起的炊烟。 ② 葱笼:同"葱茏",树青翠茂盛的样子。曛(xūn):日光昏暗。 ③ 蓬阁:指秘书省。唐人称秘书监为大蓬,少监为少蓬。时王昌龄为秘书监校书郎,故称为蓬阁友。 ④ 扬云:扬雄,字子云,终生失意。四十岁游京师,以辞赋著称,被推荐为郎官,历成、哀、平三世不徙官,始与扬雄同官的王莽、刘歆、董贤皆位至三公。见《汉书·扬雄传》。这里借指王昌龄不得志。

翻译

傍晚槐树间升起了炊烟,
葱茏的池边客舍日色昏。
旅途中孤单单只身独坐,
潼关外我伤心离开友群。
蜡烛送来萤火失去亮光,
荷叶枯萎雨点滴滴相闻。
久久思念着蓬阁的朋友,
联想到寂寞滞留的子云。

途次望乡[1]

这首诗写日暮投宿的乡愁，抒发仕途失意的伤感。开篇以落日起兴，写远行之人见日暮而愁止宿，点出“愁”字，是第一层。次写遭受乡思的折磨，愁情转深。第三层“况在”一联化用陶渊明《饮酒》诗“山气日夕佳，飞鸟相与还”诗意，写见暮鸟投林，更添客居他乡的愁思。下四句即由此联想自己仕途失意，飘零异乡，这是更深的痛苦。“雪深”“云暗”二句写望乡园而不见，其中暗寓前途茫茫，无由问津的隐痛。结联写自己为求仕匆匆奔走，但由于无人援引，因而功名不就，怨愤已溢于言表。

① 途次：途中止宿。诗题一作《落日望乡》。

客行愁落日，　乡思重相催[1]。

况在他山外，　天寒夕鸟来。

雪深迷郢路[2]，　云暗失阳台[3]。

可叹凄惶子[4]，　劳歌谁为媒[5]。

---

① 催：同“摧”，逼迫，折磨。　② 郢(yǐng)：春秋时楚国的国都，在今湖北江陵。　③ 阳台：传说中神女住的地方，在楚地，故借指家乡。

④ 凄惶：同“栖遑”，奔忙不定貌。 ⑤ 劳歌：劳役者之歌。这里指自己为求仕而奔走呼号的作品。

翻译

远行在外愁见太阳西落，
思乡之情又深深把人折磨。
何况在这异乡的荒山野地，
天寒的黄昏鸟儿匆匆归窝。
深雪弥漫通往郢城的道路，
云层昏暗不知阳台处所。
匆匆奔忙的人啊真正可叹，
谁肯推荐我这劳者的讴歌。

蔡阳馆[1]

诗写回家途中到蔡阳驿馆投宿时所见所想，表达了还故园的喜悦和急于归家侍亲的心情。但写蔡阳景色，荒凉衰微，反映了当时社会的不景气。

① 蔡阳，故地在今湖北枣阳西南，离诗人故里襄阳已很近。诗题一作《夕次蔡阳馆》。

日暮马行疾，　城荒人住稀。
听歌疑近楚，　投馆忽如归[1]。
鲁堰田畴广[2]，　章陵气色微[3]。
明朝拜嘉庆[4]，　须著老莱衣[5]。

---

① 如归："宾至如归"的省略。　② 鲁：当指今河南鲁山一带，前汉置鲁阳县，后汉魏晋因之，北周改名鲁山。堰：挡水的土堤。　③ 章陵：东汉光武帝刘秀祖父、父亲的陵墓。在今湖北枣阳东。　④ 拜嘉庆：也写作"拜家庆"。宋葛立方《韵语阳秋》第十："唐人与亲别而复归，谓之'拜家庆'。"　⑤ 老莱衣：相传春秋时楚隐士老莱子至孝，行年七十，父母在堂，他常身着五彩衣，作小儿戏，以娱其亲。后来"老莱衣"就成为表示孝养父母至老不衰的典故。

翻译

天近傍晚催马奔驰，

城邑破败人少烟稀。

听歌声猜测出已近楚地，

投驿馆就好像回到家里。

鲁堰的田地何等广阔，

汉章陵的气象如此衰微。

明天就可以拜见老母，

必须要穿上老莱彩衣。

岳阳楼[1]

这是孟浩然一首著名的感兴诗，描写洞庭湖的壮丽景象，表现自己渴望出仕并希望得到援引的心情。前四句极写洞庭湖的空阔浩渺，气势雄壮。首联写阔，次联写壮。“气蒸”句写湖面上升起的水气远连云梦，“波撼”句状波涛奔涌动荡，使人感到它动地摇城，极尽洞庭湖的壮美，它与杜甫的“吴楚东南坼，乾坤日夜浮”（《登岳阳楼》）同为历代传诵的描写洞庭湖的名句。诗的后半部分由眼前实景转入言志。“欲济”句明写渡湖无舟，实际慨叹有心出仕而无人援引，转折巧妙而极自然。尾联观“垂钓”者与“羡鱼”亦实亦虚，虽系用典而如出胸臆，这种双重结构句法，也很难多得。

① 岳阳楼：在今湖南岳阳西南，濒临洞庭湖，为著名古迹。诗题一作《临洞庭》，一作《临洞庭赠张丞相》，今从宋本。

八月湖水平[1]，涵虚混太清[2]。

气蒸云梦泽[3]，波撼岳阳城。

欲济无舟楫[4]，端居耻圣明[5]。

坐观垂钓者，　徒有羡鱼情[6]。

① 平：湖水与岸相平，形容水盛的样子。 ② 涵：包容。一作"含"，义同。虚：清空的样子。混：浑然而不可分。太清：天空。 ③ 云梦泽：见《登望楚山最高顶》注。 ④ 济：渡水。楫：船桨。 ⑤ 端居：闲居不仕。圣明：这里指太平盛世。 ⑥ 羡鱼：《淮南子·说林训》："临河而羡鱼，不如归而结网。"这里是感叹空有出仕的愿望而无人援引。

翻译

八月的洞庭湖水与岸相平，
清冷的湖面与太空浑然天成。
水雾蒸腾笼罩着云梦大泽，
波涛奔涌撼动了岳阳古城。
我有心渡水却恨无船无桨，
不仕闲居又羞对朝政清明。
坐在一旁只能看别人垂钓，
空怀满腔羡慕钓鱼的心情。

洞庭湖寄阎九[①]

这首诗与《岳阳楼》命意略同。前三联着重描写洞庭湖的壮丽景色，结联通过用典，巧妙地翻出希望阎防成为辅弼大臣，以及自己希望出仕的心情。这诗气势上虽不及《岳阳楼》一首的雄奇，但作者通过水天、江树、海潮等景物的描写，多层次、多角度地表现洞庭湖的浑茫广阔，写景状物的具体细腻则有所过之。

① 阎九：名防，排行第九。曾隐居终南山丰德寺读书，游鹿门山，出仕后贬官长沙司户。以诗闻名于开元、天宝间。

洞庭秋正阔，　余欲泛归船。
莫辨荆吴地[①]，　唯余水共天。
渺弥江树没[②]，　合沓海潮连[③]。
迟尔为舟楫[④]，　相将济巨川[⑤]。

---

① 荆吴：荆，荆州，指今湖北一带，江陵、襄阳都曾为荆州治所。吴，吴国，今江浙一带。洞庭湖上接江陵、襄阳，下通江东。　② 渺弥(mí)：湖水旷远盈溢貌。　③ 合沓(tà)：重叠。　④ 迟：期待，希望。尔：你。舟楫：船和桨，比喻宰辅大臣。《书・说命上》载，殷高宗梦

上帝赐他良辅，于是命人画其像，广求天下，得傅说于傅岩。高宗命他为相，说："若济巨川，用汝作舟楫。" ⑤ 相将：相随。

翻译

秋天的洞庭正当宽广，
我打算乘船归向家园。
分不清哪是荆州哪是吴地，
只剩下一片茫茫的水和天。
浩渺盈溢淹没了岸边树木，
重重叠叠的波涛与江水相连。
愿你成为制波驭浪的舟楫，
我将相随着去渡大江大川。

宿武陵即事[①]

这首诗写夜泊武陵的感受。武陵是桃花源故事的发生地,故事本身就带有神话色彩;作者这次来武陵又是有意寻访胜迹,所以无论写景或写感受,都紧扣桃花源故事,在客观的写景中着意渲染武陵的神奇色彩。开篇从日落黄昏落笔,次写入夜猿啼,潭影空虚,已蒙上一层神秘气氛。三联写渔人夜出捕鱼,扣舷而歌,暗切《桃花源记》中武陵渔人故事。尾联写天明才发现已经身在武陵,点破题旨,"鸡鸣"又暗切桃花源故事中"鸡犬相闻"的风物;最后写武陵人物古朴,俨然世外桃源,以自己的感受作结,是全诗的画龙点睛之笔。作者由入夜写到天明,一片空濛迷离,也是取武陵渔人偶然误入桃源之意。

① 武陵:今湖南常德。陶渊明《桃花源记》取材于这一带的传说故事。即事:就眼前所见景物加以描写。

川暗夕阳尽,孤舟泊岸初。

岭猿相叫啸,潭影似空虚。

就枕灭明烛,扣舷闻夜渔。

鸡鸣问何处，人物是秦余①。

---

① “人物”句:《桃花源记》载,桃花源中的人们遵循古法,衣无新制,他们自称是避秦乱而来隐居的秦人后代。这里指武陵百姓与风俗古朴,俨然世外桃源。

翻译

江水幽暗夕阳敛尽了余晖,
一叶孤舟才刚停靠到岸边。
岭上猿猴此起彼应地啼叫,
潭中倒影就好像空空虚幻。
躺上枕头熄灭照明的烛火,
还听见夜渔的人唱歌扣舷。
鸡鸣时询问身在什么地方,
民俗纯朴是避秦乱的桃源。

武陵泛舟

这首诗写泛舟武陵溪中引起的尘外之想。作者是把桃源作为仙境来描写的，所以诗中着意表现环境的幽深、清虚和扑朔迷离。不但水清云闲，甚至连一向凄哀、引人愁绪的猿声，听起来也悠闲自得，且能净化尘心。

武陵川路狭，　前棹入花林。
莫测幽源里，　仙家信几深。
水回青嶂合，　云渡绿溪阴。
坐听闲猿啸[①]，　弥清尘外心。

① 坐：正，适值。

翻译

武陵溪水路狭窄，
划船前行便进入桃花林。
测不出幽深的桃花源里，
仙人的居处究竟有多深。

溪水迂回青山像屏障环抱，
云彩飘来绿溪也随之变阴。
恰巧听到悠闲的山猿啼叫，
更加净化我超尘出世之心。

途中遇晴

诗作于入蜀途中。一、二句写雨止犹泥的旅途。三、四句写雨霁天开，斜阳西照，晚云绕山景象。五、六句仍写雨过后的蜀道。末二句联想天晴后夜晚明月当出，游子望月思乡，故会有凄凄之情。全诗句句围绕“遇晴”写，但“蜀坂泥”、“斜景”、“晚云”、“余湿”、“残流”、旧时“明月”等，处处反映出游人跋涉的艰辛和途中悲凉的心情。

已失巴陵雨[①]**，犹逢蜀坂泥**[②]**。**

天开斜景遍[③]**，山出晚云低。**

余湿犹沾草，　残流尚入溪。

今宵有明月，　乡思远凄凄。

① 巴陵：巴蜀的山陵。　② 蜀坂（bǎn）：蜀地的山坡。　③ 景：日光。

翻译

巴山的大雨刚停歇，
又踏上蜀地山坡的泥泞地。
天已放晴斜阳将大地普照，
山头升起的晚云飘得很低。
存留的雨珠挂在草上，
残余的水还在流向小溪。
今晚上将有明月相照，
思念起远方家乡愁苦悲凄。

途中九日怀襄阳[1]

九月九日，是与知己携酒登高之时，但在旅途中的诗人，眼前不见故乡登高处，暮秋景物只引起无限乡愁。更想到远游在外，不能像陶渊明那样去“采篱下菊”，也不能像谢灵运那样去“登池上楼”，所以要归隐，去过山简那样的豪放生活。诗写得流丽自然，但字里行间流露出不可言喻的失意感。

① 九日：指农历九月九日，即重阳节。

去国似如昨[1]，倏然经杪秋[2]。
岘山不可见，　风景令人愁。
谁采篱下菊[3]，应闲池上楼[4]。
宜城多美酒[5]，归与葛强游[6]。

---

① 国：乡国，故乡。　② 杪(miǎo)秋：暮秋，即农历九月。《太平御览》卷二五南朝梁元帝《纂要》：“九月季秋，亦曰暮秋、末秋、暮商、季商、杪秋。”　③“谁采”句：由陶渊明《饮酒》诗“采菊东篱下”变化来，表达对田园自由生活的怀念。　④“应闲”句：用谢灵运《登池上楼》意。谢灵运所指的池上楼，在永嘉郡(今浙江温州)，这里借指诗人

故居。 ⑤ 宜城：县名，出产名酒宜城醪(láo)。故城在今湖北宜城南。 ⑥ 葛强：晋并州人，山简镇守襄阳时的爱将。《世说新语·任诞》记载，山简在荆州，常到高阳池醉酒，人为之歌曰：“山公时一醉，径造高阳池。日莫倒载归，茗艼无所知。复能乘骏马，倒著白接篱，举手问葛强，何如并州儿？”这里是说要过山简那样的酣饮自适的生活。

翻译

离开故乡好像就在昨日，
转瞬间已经到了暮秋。
想念岘首山却不能看到，
眼前的风光景物勾引起乡愁。
故园篱下菊花谁在采摘？
无人登临空闲了池边楼。
宜城县多出产名醪美酒，
回家后要学山简葛强游。

九日龙沙寄刘大[1]

这首诗写重阳节乘船过龙沙时的逸兴。古代风俗，重阳节人们佩带茱萸，登高饮菊花酒。风景优美的龙沙是南昌人重阳日登高之处。作者这次过龙沙正当九月九日，良辰美景，所以心情喜悦，逸兴遄飞，因而诗也写得飘逸流动。开篇点题后，即写因风俗和湖光山色引起的兴致。三联用陶渊明九月九日无酒的典故，切时切事，平添许多诗意。“棹里”以下三句，写棹歌自唱，江船自行，夕波滔滔，别有一番风趣，又非寻常登高游赏可得。

① 龙沙：沙洲名，在今江西南昌市北。赣江流经龙沙西，沙滩洁白高峻呈龙形，连绵五里。刘大：刘昚（shèn）虚，江东人，天宝后曾任夏县令。他写有《暮秋扬子江寄孟浩然》诗一首。

龙沙豫章北[1]，九日挂帆过。

风俗因时见[2]，湖山发兴多。

客中谁送酒[3]？棹里自成歌。

歌竟乘流去，　滔滔任夕波。

① 豫章：隋开皇中改南昌县置豫章县，治所在今江西南昌市。② 风俗：古人九月九日佩茱萸，登高饮菊花酒，以为可以消灾长寿。龙沙为当地人登高之处，故重阳节过此可见其风俗。时：时节，指重阳节。 ③ 送酒：《初学记》卷四引《续晋阳秋》说，陶渊明九月九日无酒，于宅边菊丛中坐，摘菊花盈把，适值江州刺史王弘送酒至，即便就饮。

翻译

龙沙在豫章的北面，
九月九日扬帆经过。
当地风俗因节日而得见，
湖光山色引人兴趣多。
客游的途中谁来送酒？
划桨的当儿自成船歌。
一歌唱完船已顺流而下，
随着黄昏滔滔逝去的江波。

晚泊浔阳望庐山[①]

本诗写傍晚泊舟浔阳，远眺庐山，缅怀东晋高僧慧远，触发尘外之想。作者由未见名山而望见名山，由望见名山而怀念名僧，由怀念名僧而想象东林寺钟声，步步写来，而对庐山情状不着一字，一片空灵，给人以无限遐想。宋吕本中《童蒙诗训》引此诗前四句后评论说："但详看此等语，自然高远。"指出了这首诗的调高韵美。

① 浔(xún)阳：今江西九江，北临长江。

挂席几千里，　名山都未逢。

泊舟浔阳郭，　始见香炉峰[①]。

尝读远公传[②]，　永怀尘外踪。

东林精舍近[③]，　日暮但闻钟。

---

① 香炉峰：见《彭蠡湖中望庐山》注。　② 远公传：南朝僧人惠皎《高僧传》中有慧远的传记。"慧远"见《彭蠡湖中望庐山》注。

③ 东林：即东林寺，在庐山东麓，慧远曾居此三十余年。精舍：佛寺。

翻译

扬帆走了几千里，

名山一座也未逢。

船停靠到浔阳城外，

这才望见了著名的香炉峰。

我曾读过慧远公的传记，

永怀他超脱尘俗的道行。

东林寺距离这里不远，

黄昏里只听得声声钟声。

早寒江上有怀

这首诗写初冬早寒时节的乡思和身世之感。开篇先以木落雁归的景物起兴，引出乡思，接着抒发沦落天涯、路遥难归的感伤。“乡尽”句写尽内心的辛酸，“孤帆”句寓情于景，极尽飘零的孤寂。结联写黄昏江水浩渺漫瀚，方向莫辨，暗用《论语·微子》中孔子使子路问津的典故，表现仕途茫渺，无由问津的忧伤。但作者以写景出之，所以来得蕴藉，有惆怅绵绵不尽的韵味。

木落雁南度，　北风江上寒。
我家襄水曲①，　遥隔楚云端。
乡泪客中尽，　孤帆天际看。
迷津欲有问，　平海夕漫漫②。

---

① 襄水：汉水流经襄阳境内的一段，又名襄河。曲：江水弯曲处，即河湾。　② 平海：宽广平静的江水。漫漫：水广大貌。

翻译

树叶飘零鸿雁南飞而去，
北风吹来江上顿觉身寒。
我家住在襄水的河湾，
在遥隔楚地云霞的那边。
思乡的泪在漂泊他乡中流尽，
天尽头只看到我这一片孤帆。
迷失了渡口有心要找人问问，
黄昏里江水茫茫烟波漫漫。

晚春

诗写在晚春季节，朋友来邀饮酒时畅饮与听歌的情景，含蓄地表达了惜春之情。诗以“林花扫更落，径草踏还生”描绘出一派醉人的晚春景色。在对春色美好的描绘中，暗示出春已将逝，故与友人畅饮来共此良辰美景，并希望“歌妓莫停声”以尽兴，惜春之情，不言自喻，而热爱生活、及时行乐思想亦溢于言表。本诗一作《春中喜王九相寻》，知诗中所说“酒伴”为诗人好友王迥。

二月湖水清，家家春鸟鸣。
林花扫更落，径草踏还生。
酒伴来相命，开樽共解酲[①]**。**
当杯已入手，歌妓莫停声。

① 解酲（chéng）：以饮酒来消除酒病。《世说新语·任诞》：“（刘伶妇）供酒肉于神前，请伶祝誓，伶跪而祝曰：‘天生刘伶，以酒为名。一饮一斛，五斗解酲。’”

翻译

二月的湖水清澄如镜，
家家庭院都有鸟儿欢鸣。
林下落花扫过又飘下，
小径的野草踏倒还滋生。
酒友来把我相邀，
打开坛子一起解酒病。
举起酒杯开怀畅饮，
歌女只管唱曲莫停声。

游精思观回王白云在后[1]

诗写出游归来，等待落后友人王白云的情景。先以“出谷”到“至家”竟用了半日，交待山路较远，故有人落后。再写到家后“回瞻”归途，见深秋黄昏时的山路，牛羊下山，樵夫身影模糊，秋虫畏寒不再有声，一片静寂，暗含对友人的惦念。夜已深，王白云仍未至，诗人便依门伫立等待，表达了对友人的无限情意。诗以景寄情，写得含蓄，耐人寻味。

① 精思观（guàn）：道观名。从诗中“出谷”“至家”等词语看，此观当在距诗人家不远的山中。王白云：见《登江中孤屿赠白云先生王迥》题注。

出谷未亭午[1]，至家已夕曛[2]。
回瞻下山路，　但见牛羊群[3]。
樵子暗相失，　草虫寒不闻。
衡门犹未掩[4]，伫立待夫君[5]。

---

① 亭午：正午。　② 夕曛：黄昏。　③“但见”句：用《诗·王风·君子于役》“日之夕矣，羊牛下来”意思。　④ 衡门：用横木做门，指极

简陋的房屋。多用来指隐士居住的房舍。 ⑤ 夫君：对男子的敬称，相当于“先生”。

翻译

从山谷出来还未正午，
到家已经日落黄昏。
回望下山的路上，
只见放牧归来的牛羊群。
担柴的樵夫被暮霭隐没，
天寒听不到草虫吟。
自家的柴门还没有关闭，
我伫立门外等待先生。

过故人庄[①]

诗题为《过故人庄》，意在写田园，故不着重写故人。诗从“邀”写起，然后写庄外、庄内及相约以后再来。对“绿树”绕村、“青山”傍郭的标志性田园风光，一开始就有引人入胜的描写，平淡清新，得自然真趣。对村居故人的留客方式，也表现得情趣饱满，反映出诗人对田园生活的热爱。这是秋季收获的季节，因而有以上“开轩”“把酒”二句所写的生活情趣，所以结联说：“待到重阳日，还来就菊花。”以悬想未来结束，留下充分想象的余地，更是孟诗特点。

① 过：拜访、探问。

故人具鸡黍[①]，邀我至田家。
绿树村边合，　青山郭外斜。
开轩面场圃，　把酒话桑麻[②]。
待到重阳日，　还来就菊花[③]。

---

① 具：准备。鸡黍：精美的饭菜。黍，黄米。语出《论语·微子》“（丈人）止子路宿，杀鸡为黍而食之”。　② 桑麻：指桑麻等农作物耕种

收获一类事情。 ③ 就菊花：到菊花跟前，即来造访赏菊；或饮菊花酒。译文用前义。

翻译

老朋友准备了精美的饭菜，
邀请我作客来到他的农舍。
行行绿树环抱了村庄，
郭外的青山歪歪斜斜。
打开窗户面对谷场菜圃，
举着酒杯谈论农活庄稼。
等到九月重阳佳节，
再来饮酒观赏菊花。

夏日浮舟过滕逸人别业[1]

从诗中"闲棹晚来过"看，滕逸人当与诗人同乡。再从诗人《寻滕逸人故居》中"始闻漳浦卧，奄作岱宗游"，知滕逸人也喜漫游。夏日的别业，水亭是纳凉佳处，再配以涧影、潭香，环境更加凉爽清幽。生活在这里的人无拘无束，醉舞酣歌，怡然自乐。不同凡俗的境界，使人幽赏忘返，表达了诗人对隐逸生活的羡慕与追求。诗写逸人别业，大得陶渊明《桃花源记》之趣。

① 此诗一作《夏日浮舟过陈大水亭》。滕逸人：未详。避世隐居曰逸。别业：别墅。

水亭凉气多，　闲棹晚来过。
涧影见藤竹，　潭香闻芰荷[1]。
野童扶醉舞，　山鸟助酣歌。
幽赏未云遍[2]，烟光奈夕何？

---

① 芰(jì)：菱角。两角的是菱，四角的为芰。　② 云：助词，无义。

翻译

夏日水中亭榭格外凉爽，

趁傍晚闲暇划船特来拜访。

涧水倒映着藤萝青竹，

潭间散发出菱荷的芬芳。

村野小童搀着醉酒的老翁，

山间小鸟助人尽情高唱。

幽雅的景致还没有赏，

无奈暮霭濛濛遮去了日光。

闲园怀苏子

诗中苏子，名字及事迹未详，但从“感念同怀子，京华去不归”二句看，苏子当是诗人同乡好友。傍晚时分，诗人独坐园中，对远在京城的好友寄予深情思念。诗用“叶落微”和鸟宿、萤飞等反衬园中的清幽，以突出诗人独处园中的孤寂心情，而对友人的思念，也就更加热切和情意缠绵。与《夏日南亭怀辛大》的意境有异曲同工之妙。

林园虽少事，　幽独自多违。
向夕开帘坐，　庭阴叶落微。
鸟从烟树宿，　萤傍水轩飞[1]。
感念同怀子[2]，京华去不归。

① 水轩：水边亭阁等。　② “感念”句：用陆机《为顾彦先赠妇诗》中成句。同怀子，志趣相同的人。

翻译

田园虽然没有太多杂事，
幽居独处就常与世事相违。
黄昏里挑起帘子静坐，
庭院阴暗落叶轻飘声微。
鸟儿到暮霭濛濛的林中栖息，
流萤傍着水边的亭榭款飞。
怀念我志趣相同的朋友，
远去京城还没有回归。

裴司士员司户见寻[①]

这诗写友人来访，作者盛情款待，主客开怀畅饮的情趣。时当仲夏黄昏，饮酒池边，松下风来，酒是自家所酿，鸡黍杨梅是自家所有。所谈无俗事，彼此无猜忌之心，故能醉饮。作者把这些极平凡简朴的事物概括入诗，又以清淡自然出之，全诗不着一个趣字，而田园隐逸生活的情趣自注其中。

① 裴司士员司户：二人事迹未详，当是襄阳府的府僚。司士、司户都是官名，司士主管河津、营建、桥梁建筑，司户主管户籍。

府僚能枉驾，　家酝复新开。
落日池上酌，　清风松下来。
厨人具鸡黍[①]，　稚子摘杨梅[②]。
谁道山公醉[③]，　犹能骑马回。

---

① 鸡黍：用《论语·微子》荷蓧丈人为子路杀鸡为黍的故事，表示自己是隐者。　② 杨梅：果名，生长于长江流域以南地区，农历五月果熟，味酸甜，可助醒酒。　③ 山公：山简。

翻译

府僚肯屈尊来访，

家酒新酿又刚刚启开。

在落日映照的池边斟饮，

清风从松树下吹来。

厨师宰鸡和备饭，

小儿子摘来杨梅。

谁说山简已经喝醉，

他还能骑马而回。

秋宵月下有怀

这首诗写秋夜月下怀人的急迫、焦躁心情。作者把秋空明月、光彩夕露、惊鹊、飞萤、庭槐、杵声等一一概括入诗，所见所闻都写得寒冷、凄寂、跳动不定，这在孟诗中是不可多得的。“庭槐”“邻杵”二句明写眼前之景，暗写心境的凄凉孤寂，意与境会。结二句点出题旨，写与所思之人欢聚之日旷远难期，空寂惆怅的情怀跃然纸上。

秋空明月悬，　光彩露沾湿①。
惊鹊栖不定，　飞萤卷帘入②。
庭槐寒影疏，　邻杵夜声急③。
佳期旷何许④，　望望空伫立⑤。

① 沾：润湿。　② 卷帘：即竹帘，可以卷起，故称。　③ 杵(chǔ)：舂米、捣衣用的棒槌。这里用作动词，指捣衣。　④ 佳期：原指与佳人相约会，后泛指欢聚之日。何许：何处。　⑤ 望望：望了又望。

翻译

秋夜的天空明月高悬，
明亮的光辉被露水润湿。
惊恐的乌鹊栖止不定，
萤火从竹帘飞入内室。
庭中的槐树影清冷稀落，
静夜里邻家捣衣声急。
欢聚之期遥遥竟在何日，
盼啊盼，我徒然久久站立。

夏日辨玉法师茅斋[①]

这首诗写夏日访道士山房所得清幽自在的感受。作者采取白描手法，写辨玉法师山房夏日竹密藤长，蜂飞燕舞，无风自凉，花开自香，清幽自在的外物与宁静闲适的心境融洽无间，意境浑成，这是作者致力追求的艺术美。

① 辨玉法师：辨玉是法号，法师是对道士的尊称。《唐六典》四《礼部尚书·祠部郎中》载，道士修行有法师、威仪师、律师三号。

夏日茅斋里，　无风坐自凉[①]。
竹林新笋概[②]，　藤架引稍长。
燕觅巢窠处，　蜂来造蜜房。
物华皆可玩[③]，　花蕊四时芳[④]。

---

① 坐自：自然而然。《文选》张华《杂诗》："朱火青无光，兰膏坐自凝。"李善注："无故自凝曰坐。"　② 概（jì）：稠密。　③ 玩：欣赏。　④ 蕊（ruǐ）：花心。四时：一日中朝、昼、夕、夜为四时。见《左传·昭公元年》。

翻译

夏天法师的茅斋里，
无风自然生凉。
竹林中新笋长得稠密，
藤架牵引枝蔓越来越长。
燕子在寻找地方筑窝，
蜜蜂飞来构造蜜房。
美好的景物都可玩赏，
花朵竟日里散着芳香。

清明日宴梅道士房[1]

这首诗写清明日赴梅道士山房宴饮的喜悦心情。开篇写心愁春尽,先作一笔铺垫。二联写忽逢道士派使者来相邀赴宴,喜出望外,愁怀顿释。三联以下才转入"宴梅道士房"的正题,但对宴饮的具体场面并不多作描写,只于结句以一"醉"字点醒,而着意于道士山房内外景物,也是情不在酒,在乎借赴宴寄托情思之意。全诗由愁至喜,由喜而醉,一路写来,感情变化的脉络一目了然。作者又多以写道家的术语和典故入诗,切合梅道士身份,又微含向道之意。

① 梅道士:未详其人,但与作者常有往来,当住在襄阳附近的山中。

林卧愁春尽，　开轩览物华。

忽逢青鸟使[1]，　邀入赤松家[2]。

丹灶初开火[3]，　仙桃正发花[4]。

童颜若可驻，　何惜醉流霞[5]。

---

① 青鸟:神话中西王母的使者。班固《汉武故事》说:七月七日中,有青鸟从西飞来,落于汉武帝殿前。东方朔说,西王母晚上必来。其

夜西王母果至，有二青鸟如鸾，护侍两侧。这里指梅道士派来的使者。 ② 赤松：传说中的仙人，这里借指梅道士。 ③ 丹灶：道士炼丹的炉。 ④ 仙桃：《汉武帝内传》说：西王母以玉盘盛仙桃送给汉武帝，说："此桃三千年一结实。"这里借指梅道士所种的桃树。 ⑤ 流霞：仙酒名。王充《论衡·道虚篇》说：项曼斯说他自己曾被仙人带到天上，离月亮数里，口渴欲食，仙人就给他流霞一杯，每饮一杯则数月不饥。后因借指美酒。

翻译

林下闲卧心愁春将过尽，
推开窗来观赏景色如画。
忽然遇见仙人的使者，
把我邀进赤松子的家。
炼丹炉刚刚点火，
仙桃树正好开花。
童子般容颜如能长保不衰，
怕什么醉饮你的仙酒流霞！

寻白鹤岩张子容隐居[1]

这首诗写访张子容栖隐旧居的感慨。张子容早年栖隐白鹤山中读书，与作者过从甚密，后出仕，多年在外为官。作者这次来访，见人去宅空，松老竹疏，一片空寂萧然景象，不禁勾起对这所宅居昔日情景的怀念。睹物思人，结句写携杖而归，怅然之情见于言外。清旷是孟诗本色，这诗却写得清幽冷峭，别是一种风格。

① 白鹤岩：在襄阳城南十里白鹤山中，张子容早年隐居读书处。

白鹤青岩畔，　幽人有隐居。
阶庭空水石，　林壑罢樵渔。
岁月青松老，　风霜苦竹疏[1]。
睹兹怀旧业[2]，携策返吾庐。

---

① 苦竹：竹的一种，杆短节长，其笋味苦。　② 旧业：从前的宅居。

翻译

青色的白鹤山崖旁边，
藏着一座隐士的宅居。
阶前庭院只剩下泉水山石，
林间溪畔不见人打柴捕鱼。
年深月久青松已经衰老，
风吹霜打苦竹枝叶稀疏。
见此景想起昔日的房舍，
拄着手杖返回我的草屋。

七言律诗

除夜有怀[①]

此诗写于任张九龄幕府时。诗写光阴易逝，四季推移往复，一年又过去了。除夕之夜，残灯将尽，香已成灰。“每逢佳节倍思亲”，遥想家乡，家家欢聚守岁，而自己却不能与家人团聚，独在帐中饮闷酒，便恨不得梦魂归去，表达诗人思乡之苦。用“那得”二字，即想“梦归”也办不到，使愁苦更深一层。

① 除夜：即除夕。

五更钟漏欲相催[①]，　四气推迁往复回[②]。
帐里残灯才去焰，　炉中香气尽成灰。
渐看春逼芙蓉枕[③]，　顿觉寒销竹叶杯[④]。
守岁家家应未卧[⑤]，　相思那得梦魂来。

---

① 五更：旧时分一夜为甲、乙、丙、丁、戊五段，叫五更。也叫五夜、五鼓。钟：此指一种报时用的金属制敲击物。漏：古代计时器，也叫漏壶。后来钟漏也引申指时间。　② 四气：指春、夏、秋、冬四时阴阳变化温热冷寒之气。　③ 芙蓉枕：绣着莲花的枕头。　④ 竹叶杯：盛着竹叶酒的酒杯。竹叶，美酒名。　⑤ 守岁：古来风俗，农历除

夕，全家人坐在一起，终夜不睡，送旧岁，迎新岁，叫守岁。

翻译

钟漏一更一更地把时光紧催，
春夏秋冬四季更替推移。
帐幕里残灯才刚剪掉芯烬，
熏炉中香气散尽熏香已成灰。
看着枕上的芙蓉花渐觉春天逼近，
一杯竹叶酒顿感身上全无寒意。
守岁时节应是家家人未睡，
思念亲人怎能够梦中相会？

登万岁楼[1]

这首诗写登万岁楼所见景物，抒发羁旅的乡愁。开篇二句点题，写久滞异乡而不得归，本想借登楼望乡以纾忧，结果反使乡愁更盛。中二联即从高和远两个角度写望故乡所见，借以抒发乡愁。“天寒”一联是仰望，鸿雁南飞，暗示自己有家难归，竟不如雁；岭猿夜啼，见出心境的伤感。“曲引”二句是远望归路大江所见，古堤、冻浦、远岸、枯杨，满目凄凉萧瑟，触景生情，意境阔大。结联写这次登楼中偶遇故人，思乡中得家书，于是稍慰乡思，转忧为喜，转出一层新意。全诗写乡思，由愁——转愁——转喜，感情跌宕起伏，章法错落有致；然又一气呵成，浑然一体。

① 万岁楼：在京口（今江苏镇江），与江北瓜步洲相对。

万岁楼头望故乡，　独令乡思更茫茫。

天寒雁度堪垂泪，　月落猿啼欲断肠。

曲引古堤临冻浦，　斜分远岸近枯杨[1]。

今朝偶见同袍友[2]，　却喜家书寄八行[3]。

① 斜分：由于人的视觉原因，由近及远看江的两岸，近处宽，远处窄，所以好像是斜分的。 ② 同袍友：甘苦与共的朋友。《诗·秦风·无衣》："岂曰无衣，与子同袍。"袍，长衣。 ③ 八行：指书信。古代信笺每页八行。

翻译

站在万岁楼上眺望故乡，
反使乡思越发浩荡。
天寒雁归催人泪下，
月落猿啼更使人愁断肝肠。
蜿蜒的古堤伸延到结冰的河滩，
斜伸的江岸依傍着枯干的垂杨。
今天偶见甘苦与共的朋友，
更因捎来家信而喜气洋洋。

五言绝句

扬子津望京口[1]

这首诗写在扬子津眺望京口所引起的惆怅情怀，作于洛阳求仕失利，前往吴越寻访山水，途经扬州之时。作者站在江边南眺，对岸北固、京口、夷山历历在目，江风猎猎，白浪滔滔，可望而不可即，于是不禁发出“愁杀渡头人”的慨叹。这不仅是行旅之愁，其中也有仕途失意的愁情在内。全诗四句，都写得平易质直，明白如话，有襄阳民歌风味。

① 扬子津：古津渡名，在今扬州南，江对面为京口（今江苏镇江），古代是著名的江北渡口，今离江已远，仅通运河。

北固临京口[1]，夷山近海滨[2]。

江风白浪起，　愁杀渡头人。

---

① 北固：山名，在镇江市北，凸入长江中，三面临水，高数十丈，为镇江壮观。　② 夷山：在镇江东长江中。镇江市东九里长江中有焦山，焦山的余支东出为二小峰，一名松寥山，一名夷山，合称海门山。海滨：今镇江在唐代以前，离长江入海处极近，故松寥山、夷山又合称海门山，本句即取此义。

翻译

北固山紧靠着京口，
夷山临近大海之滨。
江风吹来掀起了白浪，
愁死渡头上的过江人。

问舟子

此诗写于漫游吴越时。诗以问答体写行旅之情，显得旅情无主，全靠船夫。“前程复几多”为全诗中心，表示盼到目的地的急切心情。但淮上风浪正大，只好在此“湾头”处停泊，颇有吴越尚远、日暮途穷之感。“复”字、“足”字，虽是平常语言，却是诗中之眼。

向夕问舟子[①]，前程复几多[②]？
湾头正堪泊，　淮里足风波。

① 向夕：傍晚。向，接近。　② 几多：多少。

翻译

傍晚时分问撑船人，
前面还有多少路程？
“河湾处正可停泊，
淮河里浪高风紧。”

宿建德江[①]

这首著名的绝句，作于作者漫游吴越时。诗中表现的不仅仅是他飘然一身、独游异乡的羁旅之愁，而且有他“遑遑三十载，书剑两无成”（《自洛之越》）的惆怅在内。所以第二句中的“新”字意味深长。这句虽从何逊“客心愁日暮”翻出，但蕴有新的失意感。下二句写景，清旷真切。放眼原野，远处的天边显得比树木还低，这是旅程所见的新奇空旷景象；俯视江水清澈，明月倒映，倒像特来接近客人，自己孤寂无朋的处境，意在言外。

① 建德江：钱塘江上游的新安江流经建德境内的一段江水。

移舟泊烟渚[①]，日暮客愁新。

野旷天低树，　江清月近人[②]。

---

① 烟渚（zhǔ）：暮烟笼罩的小洲。渚，水中小洲。　② 月近人：倒映在水中的月亮好像来靠近人。

翻译

把船停靠到烟霭濛濛的小洲，
日暮时分新愁升上客子心。
原野空旷远天比树木还低，
江水清清明月自来和人相亲。

春晓

诗第一句即点春晓，用“不觉”二字写春眠的酣甜。第二句写鸟啼声传入枕上，“处处”既是对春晓时声响的描绘，也是写初觉时的感受。因鸟的啼声，推知天已放晴，故引出第三句对“夜来风雨声”的联想。末句用问话，写对遭风雨的春花的担心。全诗抓住“春晓”这一短暂时刻，写出了春朝初醒时的情趣，反映了田园生活的清美闲适，也表达了惜春的感情。小诗写得清新含蓄，耐人寻味，传世千百年来，一直是人们吟诵于口的名篇。

春眠不觉晓，处处闻啼鸟。

夜来风雨声，花落知多少？

翻译

春夜酣睡天亮了也不知道，

醒来只听到处处有鸟儿啼叫。

想起昨夜里风声紧雨声潇潇，

不知道花儿被打落多少？

北涧泛舟[1]

这首诗写泛舟北涧的闲适之乐。三江五湖是古代不得志士人的隐逸避世之所。作者认为，北涧虽小，但清流常满，泛舟其中，也可得自在趣，在这方面，二者是相通的。

① 北涧：在襄阳城南。因在作者住宅的北面，故称北涧（夹在两山间的溪流曰涧）；住宅在涧的南面，故称涧南园。

北涧流恒满，泛舟触处通。
沿洄自有趣，何必五湖中。

翻译

北涧流水总是满荡荡，
泛舟而行到处都可通。
下漂上溯自有趣，
何必定去五湖中。

登岘山亭寄晋陵张少府[1]

这首诗写秋登岘山引起的思友之情。先写风高流急，为以下远望云帆翩翩如飞鸟张本。这一联写景气象阔大。结二句因岘山之风引出张翰见秋风起而思故乡的典故，暗寓劝友人辞官归田的讽意。用张翰比张子容，也极贴切自然。

① 晋陵：县名，治所在今江苏常州。张少府：指张子容，时为晋陵县尉。

岘首风湍急[1]，云帆若鸟飞。

凭轩试一问：张翰欲来归[2]？

---

① 岘首：岘山又名岘首山。湍：急流。此指岘山下的汉水。　② 张翰：字季鹰，西晋吴（今江苏苏州）人。为人旷达，为齐王司马冏大司马东曹掾，知冏将败，因秋风起而思念家乡的菰菜、鲈鱼，遂辞官归。这里借指张少府。

翻译

岘山风高江流急，

天边船帆像鸟飞。

倚着亭窗试一问：

张翰可想辞官归？

送朱大入秦

孟浩然还有《岘山送朱大去非游巴东》一诗，故知朱大名去非，是诗人同乡友人。诗写解下千金剑赠朱大，是以赠剑的比喻写的，既衬托了朱大的豪侠性格和对朱大的期望，也把自己平生创建功业的壮志豪情寄托其中。

游人五陵去①，宝剑直千金②。
分手脱相赠， 平生一片心。

① 五陵：指汉朝五个皇帝的陵墓，即汉高祖的长陵、汉惠帝的安陵、汉景帝的阳陵、汉武帝的茂陵、汉昭帝的平陵。因五陵都在长安郊外，故这里以五陵指长安。 ②“宝剑”句：用曹植《名都篇》“宝剑直千金”成句，表示贵重。直，通“值”。

翻译

远游的朋友要到长安去，
我佩带的宝剑价值千金。
分手时解下来赠送给他，
寄托着我平生的壮志雄心。

送友人之京

友人姓名未详，只知他是受朝廷征召入京。从诗的内容看，此诗当是诗人自京失意归家后所作。送别友人，亦喜亦悲。喜其“平步青云”，但转念自己求仕失意，田园隐居，从此两相乖违，止不住泪湿衣襟。诗抒写了对友人的情谊，也表达了诗人的复杂情感。

君登青云去①，予望青山归。
云山从此别， 泪湿薜萝衣②。

① 青云：比喻官高爵显。《史记·范雎传》：“须贾顿首言死罪，曰：‘贾不意君能自致于青云之上。’”后世称登科或一下子做了高官叫“平步青云”。 ② 薜萝衣：薜荔、女萝，都是植物名。屈原《九歌·山鬼》有“若有人兮山之阿，被薜荔兮带女萝”。后以薜萝指隐士的服装。

翻译

您平步青云去京城，

我望断青山把家归。

云遮山阻从此分别，

潸潸泪下沾湿山人衣。

七言绝句

送杜十四[①]

诗写在荆州春江水涨时送别，表现对友情的诚挚。首句点明彼此都处水乡，而相隔千里，不能相聚。第二句说送他时正值春江水涨，急流东下，别易会难。第三句感到杜君孤泊，魂梦难寻，同是天涯沦落之感，写得含蓄深长。末句遥望“天涯”，写出无限离愁。此诗写景写情，场面宏阔，已是盛唐气象。

① 此诗一作《送杜晃进士之东吴》，杜晃生平未详。

荆吴相接水为乡[①]，君去春江正淼茫[②]。
日暮征帆泊何处？ 天涯一望断人肠。

---

① 荆吴：见《洞庭湖寄阎九》注。 ② 淼茫：水广阔辽远的样子。

翻译

荆州吴郡紧相连都是水乡，
你今去一恰值春江水茫茫。
黄昏后孤舟将在何处停靠？
向天边一望令人痛断愁肠。

济江问同舟人

诗作于渡江去越地(今浙江绍兴一带)途中。通过“引领”遥望和向同舟人探问,表现对越地的向往。诗首句即写“江落潮平”,点明正宜轻舟快渡,但诗人仍“时时引领”遥望,足见心情的急切。末句一问,寄托着对越地山川之美的渴慕。“何处青山”,尚待指点,给人留下想象空间。诗一作《济浙江问舟中人》。

潮落江平未有风，　轻舟共济与君同。
时时引领望天末[①]，　何处青山是越中?

① 引领:伸长脖子。天末:天边,指极远的地方。

翻译

潮水退去江面平静还没起风,
共乘轻舟渡江你我命运相同。
时时伸颈向天际眺望,
您可知哪座青山就是越中?

过融上人兰若[1]

这首诗写访僧人不遇的惆怅心情。作者此行专为访人而来，而被访者却不知所在；但见僧衣高挂，水鸟款飞。这就使本来空寂的山寺更加空寂。又值日暮，泉声呜咽，于是整个山林都已笼罩在空寂之中了。这也正是作者的心境。结句用“恋”字写黄昏时泉声在青翠的山色中隐隐传响，传神地表现出依恋不舍和不可名状的惆怅感。

① 融上人：未详其人。《孟浩然集》中有《过景空寺故融公兰若》，一作《悼正弘禅师》，景空寺在襄阳城南白马山，融上人或即其人。兰若(rě)：僧人的寺院。

山头禅室挂僧衣[1]，窗外无人溪鸟飞。

黄昏半在下山路，却听泉声恋翠微[2]。

---

① 禅室：僧人坐禅的房间。　② 恋：依恋，形容泉水在青山中隐隐传响的样子。

翻译

山头禅房内挂着僧衣，

窗外无人溪边水鸟飞。

黄昏时走在下山的半路上，

只听泉水潺潺青山依依。

中华文史名著精选精译精注（全民阅读版）已出书目

书　名	导读人	审阅人
贾谊集	徐超、王洲明	安平秋
司马相如集	费振刚、仇仲谦	安平秋
张衡集	张在义、张玉春、韩格平	刘仁清
三曹集	殷义祥	刘仁清
诸葛亮集	袁钟仁	董治安
阮籍集	倪其心	刘仁清
嵇康集	武秀成	倪其心
陶渊明集	谢先俊、王勋敏	平慧善
谢灵运鲍照集	刘心明	周勋初
庾信集	许逸民	安平秋
陈子昂集	王岚	周勋初、倪其心
孟浩然集	邓安生、孙佩君	马樟根
王维集	邓安生等	倪其心
高适岑参集	谢楚发	黄永年
李白集	詹锳等	章培恒
杜甫集	倪其心、吴鸥	黄永年
元稹白居易集	吴大逵、马秀娟	宗福邦
刘禹锡集	梁守中	倪其心
韩愈集	黄永年	李国祥
柳宗元集	王松龄、杨立扬	周勋初
李贺集	冯浩菲、徐传武	刘仁清
杜牧集	吴鸥	黄永年

续表

书　名	导读人	审阅人
李商隐集	陈永正	倪其心
欧阳修集	林冠群、周济夫	曾枣庄
曾巩集	祝尚书	曾枣庄
王安石集	马秀娟	刘烈茂、宗福邦
二程集	郭齐	曾枣庄
苏轼集	曾枣庄、曾弢	章培恒
黄庭坚集	朱安群等	倪其心
李清照集	平慧善	马樟根
陆游集	张永鑫、刘桂秋	黄葵
范成大杨万里集	朱德才、杨燕	董治安
朱熹集	黄珅	曾枣庄
辛弃疾集	杨忠	刘烈茂
文天祥集	邓碧清	曾枣庄
元好问集	郑力民	宗福邦
关汉卿集	黄仕忠	刘烈茂
萨都剌集	龙德寿	曾枣庄
王阳明集	吴格	章培恒
徐渭集	傅杰	许嘉璐、刘仁清
李贽集	陈蔚松、顾志华	李国祥、曾枣庄
公安三袁集	任巧珍	董治安
吴伟业集	黄永年、马雪芹	安平秋
黄宗羲集	平慧善、卢敦基	马樟根
顾炎武集	李永祜、郭成韬	刘烈茂
王士禛集	王小舒、陈广澧	黄永年
方苞姚鼐集	杨荣祥	安平秋
袁枚集	李灵年、李泽平	倪其心
龚自珍集	朱邦蔚、关道雄	周勋初